グレープフルーツムーンに、お願い

wishes to grapefruit moon

佐川奈津子

contents

登場人物

久住《くずみ》 杏《あん》	音楽事務所『Le paradis』に勤める、29歳の主人公。幼い頃に母を亡くし、父子家庭で育つ。
ムツキ	大学4年生のXジェンダーの男の子。レズビアンカップル純と暁の養子として育つ、エンパシー（共感覚者）。
藤原 純	ムツキの父親であるレズビアン。世界的キュレーター。
三浦 暁《あき》	同じくムツキの母親であるレズビアン。純のビジネスパートナーでもある。
安藤社長	音楽事務所『Le paradis』の社長として、杏を見守る。三枝の元パートナーの麻美に想いを寄せている。
夏川麻美《あさみ》	三枝の元パートナー。安藤とは旧知の仲で、密かに彼に惹かれている。
ニナ	音楽事務所『Le paradis』の社員。杏を可愛がる。
恩田さん	作曲家。音楽業界での安藤と同期の仲間。
三枝会長	サエグサ・ミュージック会長。音楽業界での安藤の先輩。
三枝 梢《こずえ》	三枝会長の若い新妻。財閥の令嬢。

1

wishes to grapefruit moon — chapter 1

あの日、
わたしを導いてくれたサイン――後ろ姿の彼に

chapter 1

あの日、わたしを導いてくれたサイン――後ろ姿の彼に

杏は、休日の今日、お気に入りの美術館の庭にあるカフェで読みたい本がありました。

今どき珍しく席と席に余白があって、音楽も流れないこの静かなカフェは、珈琲がおかわり自由なことも、一味足りないお母さんの手作りみたいな素朴なハムのサンドイッチも、杏のお気に入りでした。けれども、近ごろは雑誌に載ったおかげで、いつも満員。

「こんなに並んで食べるほどのメニューでもないし……こういう〝味わい〟がわからない子たちは、流行りのパンケーキ屋さんに行ったらいいのに……」

順番待ちの列で、大声でおしゃべりし続ける女子大生らしき女の子たちの後ろで、ため息混じりに、そう呟いた時でした。

「だって、自分の一番好きなものを大好きな相手と分けあったら、自分もみんなも、もっと幸せが大きく広がるんだよ？　幸せって、単純だよ」

さっきまで騒音でしかなかった女の子たちのおしゃべりの中から、確かに聞こえた柔らかな声。

まるで、杏の呟きに優しく〝答え〟を差し出してくれたようなタイミング。その途端、杏の胸の奥の辺りから、ふわりと不思議なあたたかさが広がりました。

「わかったわかった、でもこんなに混んでちゃ映画に間にあわない、今日は出て、また来よ？」

そう一人が言って、女子大生たちがぞろぞろ出て行くのを横目に、杏は先ほどの声の持ち主の顔を見ようと振り返りました。

きっと、あの子！　そう感じたショートヘアで背の高い痩せっぽちの女の子は、後ろ姿のまま去って行ってしまいました。

列が去ると、あっという間にいつもの席に案内された杏は、胸の奥の不思議なあたたかさに、ずっと包まれていました。

いつか、大切な人ができた時、一緒にこのお気に入りの場所に来て、わたしもあんな台詞を言ってみたい……。

「自分の一番好きなものを大好きな相手と分けあったら、自分もみんなも、もっと幸せが大きく広がるの。幸せって、単純よ？」

気づくと杏の目には、なぜかじんわりと涙さえ浮かんでいて、女子大生たちへのイライラもどこかに消えていました。

杏は、胸の奥の不思議なあたたかさに包まれながら、今日ここでどうしても読みたかった、赤い革のブックカバーのかかった文庫本の扉を開くと、そこにはこう書かれていました。

《あの日、わたしを導いてくれたサイン――後ろ姿の彼に》

後ろ姿！　さっきのあの子も、わたしにとっては〝後ろ姿の彼女〟だわ……。
杏はなんだかドキドキして、ページをめくりました。

『ようこそ、「新しい見方」の世界へ。

この本に書かれている「新しい見方」を受け入れたあなたは、今までの暮らしのまま、両親も家庭も職場や学校も、登場人物や環境は、なあんにも変わらないこの世界で、突然、〝あなたの本音が具現化している〟というサインを、あらゆる場面で見ることになる暮らしが始まります。

どうしてそんなことが？
OK。なるべく手短にご説明しましょう。
量子力学によれば、この宇宙はすべて、光でできているのだとか。
どうやら、わたしたちの存在も、想いも形あるものすべての存在が、《光の波》らしいのです。

その目には見えない《光の波》に満ちた空間に《わたしの本音》という光の波が介入すると……。

《わたしの本音》という想いの光の波と、同じ形の光の波を持った人やものが共鳴し、ある日、ストン！　と形になる。

まるで、冷たい風と水が重なり合うと、氷という形になるように、二つ以上の光の波が、共振共鳴をして重なり合うと、形がクリエイション（創造）され、具現化されるのです。

ですから現実とは、「Yes! All OK!」と《わたしの本音》が、そのまま映される鏡の国のよう。

この《わたしの本音》が叶えられ、具現化される贈りもののことを、聖人や哲学者たちは、《宇宙の法則》とか《神の愛》と呼びました。

けれども、《宇宙の法則》《神の愛》も、残念ながら、目には見えません。
形がないから、触れもしないし、匂いもしない。
つまり、目に見える世界では、神さまは、いつも不在。

だからこそ！　クリエイション（創造）の《光の波》は、いつだって目に見える形の〝人や、物質や、出来事〟を探している。

「《宇宙の法則》《神の愛》とは、どんなものか？」を表現しようと、目に見えるあらゆる形、人や動物や自然や出来事の存在を使い、シンクロニシティ（偶然の意味ある一致）のタイミングを使って、具現化される贈りものを届けにやって来る……。

それが、サイン。

実際、もうこの本を開く前から、あなたの密かな心の想いと、まったく同じ現実がタイミングよく少しずつ、現れているのではないでしょうか？

まるで、かるた合わせのように《わたしの本音》と現実とが、ぴったりと重なる、ひとつになる時に現れるもの――それが、サインなのです。

セクシャリティも、同じことです。

男性と女性、（もしくは男性と男性、女性と女性）、光と光。

別々だと思っていた存在が、心も身体もぴったりとひとつに重なる時、二人がひとつになった証の新しくあたたかな「何か」を感じます。

《わたしの本音》と、現実のサインが、ひとつに重なれば重なるほど、あなたは、とても幸せな気持ちになるのではないでしょうか？

つまり、サインとは、愛が現れる時の素敵な印なのです。』

杏は、思わず辺りを見渡しました。今、わたしが幸せな気持ちを感じていたことを、なぜこの本が知っているの？

そして、量子力学が自分の平凡な日常生活に当てはまるなんて、考えたこともありません。

杏は読み続けました。

『〝初めに〟は、この辺にして……おっと、もう一つ肝心なことを言い忘れましたよ。

《光の波》は、必ず《わたしの本音》だけを届けにきます。

もし、あなたが今、《わたしの本音》を、認めていない場合、もしくは《わたしの本音》に、まだ気づいていない場合、《光の波》は、何度も繰り返しサインを届け続けます。

あなたに、「これが《わたしの本音》でした」そう受け取ってもらえるまで。

《光の波》は、《わたしの本音》でないことは、一切、届けることができないのです。

そして、サインはあなたに受け取ってもらえると、まるで後ろ姿のまま去っていくかのように風のように通り過ぎていくのが特徴です。』


確かにサインのようなものを感じた時に、先ほどの女の子は、文字通り後ろ姿のまま去って行ってしまいました。この不思議な一連の流れに、杏は目を閉じて思いに耽りました。


そんな、くるくると表情を変えながら熱心に本を読み耽けていた杏を、カウンターで見ていた白髪のマスターが、微笑みながらオーダーを取りにやってきました。

「いつもの珈琲と、ハムサンドでよろしいですか?」

「あ! す、すみません、注文もしないまま……」

「今日は、いつにも増して素敵な雰囲気で……つい、見惚れていました。珈琲、今からご用意しますね」

「は、はい、お願いします」

失礼なことをしたのに、褒められるなんて……わたしの本音が現実と重なるサインが現れると、こんな風にいいことが起こる「贈りもの」が届くってことなのかしら……？

杏が再び本に目を落とすと、こんな文章が飛び込んで来ました。

『さあ、準備はよろしいですか？

まずは、サインを見分けるための、初めの見方のレッスン。

素晴らしいタイミングというシンクロニシティ（偶然の意味ある一致）こそが《宇宙の法則》の現れであり、《神の愛》の正体なのです。

タイミングがすべて同時にはまった時——その時こそが、今、目には見えないはずの神とあなたが出逢っている美しい瞬間です。』

2

wishes to grapefruit moon — chapter 2

誰もが「パパとママが望む別人格」を生きている

chapter 2

誰もが「パパとママが望む別人格」を生きている

杏は先輩のニナと、CD一枚一枚にライナーノーツを梱包していました。

ここは『*Le paradis*』（ル・パラディ）——フランス語で「楽園」という名前がドアに書かれた、小さな音楽事務所です。

「ってことはさ、杏ちゃんの読んでる本に書いてあることが、どんどんほんとうに現実で起こるってこと?」

「はい……ひとつずつのレッスンみたいになっている本で、その本を読んでいると、自分の本音に正直になれて……わたしが《**わたしの本音**》を素直に認めていくと、ふっとその思った本音が現実に現れてしまうんです。そういう風に、《**わたしの本音**》と現実がひとつに重なることが、**サイン**なんだって」

「それって、よく本屋さんに平積みされてる、おもしろい神さまが出てきておしゃべりする本？」

「いえ……わたしの読んでるのは文庫本ですし、きっと違う本だと思います。その本には〝タイミングこそが神さま〟で〝神さまは目には見えないから、現実ではいつも不在だ〟って書いてありました」

「そりゃそうだ」

「はい。確かにわたしも、神さまはまだ見たことありません」

「わたしだってないよ。で、週末はまた、あの音楽がかからない店に行ったんだ？　毎日山のように音楽売ってるのに？」

ニナはそう言ってＣＤの山を見渡すと、くすっと笑いました。

ニナのそんな笑い方が好きな杏は、恥ずかしそうに頷きました。

「ふふふ……じゃあ、これ全部配送したら、先にランチしていいからね」


杏は休憩時間になるといつも、ビルの屋上に座っていました。

目の前には、見上げるような大きな朱色の鉄骨の東京タワーが見えます。

杏がこの屋上が好きなのは、父の出張によくついて行って訪れた、パリのエッフェル塔を見上げていた、小さな頃の自分を思い出すからでした。

杏は、自分で作ったサンドイッチを頬張りながら、また赤い革のカバーの文庫本を開きました。


『またページを開いてくださり、ありがとう。

今日は、サインが《わたしの本音》と重なって、より深い愛を体験するために、今まで隠されていた《わたしの本音》を、見直すレッスンをしようと思います。

では、鉛筆とノートをご用意ください。』


「……OK！」と杏は呟くと、残りのサンドイッチを口に放り込んで、仕事を覚えるためにいつもポケットに入っているペンとメモを取り出しました。

『実は、わたしたちのほとんど誰もが、《わたしの本音》を、まだ生きてはいない。そのことにあなたは、お気づきでしたでしょうか？』

わたしは、《わたしの本音》をまだ生きてはいない？

杏は、こんな風に、自分の本音について考えたこともありませんでした。

『赤ちゃんのあなたが、人生で最初に目にした人間のお手本のパパやママ、さらには、同居をしていたお兄さんやお姉さん、おじいちゃんおばあちゃん、あなたは、育ててくれた家族を誰よりも信頼し、感謝し、愛しています。

だからこそあなたは、最初に目にした愛する人たちの影響下で、愛する人たちの望む視線、望むよろこびや怒りに添うよう、彼らが望む理想の娘になろう、憧れの息子になろうと、ずいぶんと本来の自然なあなた自身の形を、変えていってしまいました。

そうして自分でもまったく知らぬ間に、ご家族を何よりも愛するがゆえに《わたしの本音》とは、実はまったく別人の、パパやママが望んでいる別人格を生き続けてきたことに、あなたは気づきもしないのです。』

ここまで読むと、杏はふと、この会社に入った一年前の、面接の日を思い出しました。

＊

『*Le paradis*』は、作詞家や作曲家たちをマネージメントしている音楽事務所です。

この会社の面接を受けるひと月前まで、杏は、フランスの冷凍食品のお店に勤めていました。

0歳の時にこの世を去ったお母さん亡き後、フランス政治学を教える大学教授のお父さんとの父子家庭で育った杏には、お母さんの記憶が何もありません。

お父さんとお母さんもあまり家族の写真を撮らなかったのか、今の杏よりも若い歳の美人なお母さんが、赤ちゃんの杏を抱えて笑っているリビングに飾られた一枚の写真だけが、唯一の思い出です。

お父さんと二人暮らしだった杏は、小さな頃から食事の手伝いをしていたので、短大を卒業すると、フランスの冷凍食品を扱うお店に就職しました。

賞味期限切れの冷凍食品をもらって帰っては、お父さんと二人で食べる毎日。食事が終わると、お父さんは決まって二階に上がり、壁中が本だらけの書斎でレコードを聴きながら、学生のレポートの添削をしたり論文を書く。

杏はその邪魔をしないよう、忍び足でお父さんのベッドに潜り込み、自分の宿題や本を読むのが日課でした。

そんな単調で平凡な日々が永遠に続くと思っていた、一年前のある晴れた春の日、大学の講義中に、突然くも膜下出血で倒れたお父さんの命は、桜の花びらのようにあっけなく天国へと舞い散っていきました。

途方にくれていた杏へ、弁護士さんから手渡されたのは、お父さんが遺産で残してくれた通帳と二階建てのこの家。そして封筒に入った手書きの遺言書でした。

杏は一人でお父さんの納骨を済ませ、お母さんの写真の隣にお父さんの写真を飾ると、お店へ退職願を出しました。

そして、なぜか急に「もう、あのお店には行く必要がない」そう感じて、求人サイトで見つけた、この音楽事務所の面接を受けたのでした。

安藤です、と名乗った綺麗で皺のないシャツを着ている社長は、四十歳くらいの男性で、杏にはどこか飄々として摑みどころのない感じの人に見えました。

社長は、履歴書に書かれた「二十九歳」にはまるで見えない、少女のような杏の顔を覗き込むように見て言いました。

「久住杏さん、ね……。あの、クニュクニュの歯触りのフランスのかたつむりってさ。冷凍を解凍しても、美味しいの?」

「(それが面接の質問?)……エ、エスカルゴは、ブルゴーニュ風のバジル味で調理冷凍してあるので……美味しいです」

社長は、あははははと笑って、

「えーと、志望動機がフランス政治学教授のお父さんが亡くなられて、うちの会社の名前がフランス語だったこと、ね。子供みたいな志望動機が、なかなかおもしろいな」

杏は恥ずかしくなって、確かにどうしてそんなことを履歴書に書いてしまったのかと後悔しました。

「実におもしろい二十九歳だ。でも、これは全部、君の本音の動機じゃないけどね」

社長は、杏の目を真っすぐに覗き込むと、優しく笑いました。

その目は、お父さんがいつもお土産に買ってきた、南フランスの飴のような澄んだ明るい茶色の目でした。

「ま、それを知るために、うちで働いてみるのもいいかもね。ブルゴーニュ風ね……はい、採用です」

＊

本を手に東京タワーを眺めながら、杏の耳の奥であの時の社長の言葉が響きました。

「これは全部、君の本音の動機じゃないけどね」

そして本の中に書かれている、

「実は、わたしたちのほとんど誰もが、ほんとうの自分を、まだ生きてはいない」

この似たような二つの台詞が、昨日読んだ一つ前の章でもあったように、「自分の本音に気づいていない場合、サインは繰り返される」と、繰り返し自分に届いたように感じたのです。

『そうです、あなたは知らぬ間に、《わたしの本音》ではない「パパとママの理想を生きていた」のです。

彼らが望む理想の娘、憧れの息子、愛する人に応えようとする優しい気持ち……けれども厄介なことにそれを続けていますと、あなたの願いが叶わなくなるのです!

驚かせてしまったら、ごめんなさい。

でも、《宇宙の法則》《神の愛》の正体を、勇気を持ってお伝えしたいのです。

なぜ、願いが叶わないのか？

それは、あなたの心はいつも、パパとママの言う通り。
彼らに認められたい、愛されたい。
心はいつだって、彼らを追いかけていたことに、お気づきでしょうか？

ご自分よりも、宇宙の神よりも、他の誰よりも！
あなたの心は、ご家族だけに愛されたい、認められたいという欲求で、四六時中、満たされているから。

《光の波》である全肯定の宇宙は、その隠れたあなたの本音である《わたしが愛する家族だけに愛され、認められたい、わたしの本音》、それを「Yes! All OK!」と採用し、現実に映し出します。

つまり図らずも、いつまでもパパとママの傘の下で「心の自立をしないままの自分」を望み続けていることになってしまい、宇宙から見たら、あなたは常に庇護される存在。

ですから自動的に、ご両親より多く富を得ることもできなくなります。（反対に、自立しないあなたをサポートするために、ご家族の富は安定します！）

パパとママを愛する気持ちと、彼らの承認を得るために言いなりになることは、まったく話が違います。

たとえ家を出て働いて、ご家族に送金をしていたとしても、心の中で、いつまでもご両親の指針に言いなりになってしまっている場合は、なぜかご実家に戻らざるを得ない問題ばかりが起こったりして……。

つまり、《わたしが愛する家族だけに愛され、認められたい、わたしの本音》が、皮肉にも望み通り現実になって、現れ続けるからなのです。』

杏は本に書いてあることに混乱しながらも、思い当たる節がありました。

お父さんの気持ちをいつも一番に考えて、毎晩、お店から家に帰り続ける生活をしていた八年間。上司の言う通りに真面目に勤めていたのに、昇格の話はいつも、別の人へと回っていきました。

杏はそれを、自分にはどこか能力が足りないからだ……と、ずっと自信を持てずにいたのです。

けれども、そんな杏とは裏腹にお父さんの論文はどんどん評価され、海外研修も増えていっていたのです。

昇格できなかった理由が、お父さんと優しい時間を過ごしていたことが原因？　父子家庭で寄り添いあって生きていたことが？

なんだか、自分が否定されているような気がしてきて、杏は悲しくなりました。

『おっと、待ってください！　あなたの、ご両親への優しさによる行為が「いけないこと、劣っていたこと」ではないのですよ！

ご安心ください。あなたはこの現実で、ご家族への愛情の中に流れていた、ほんとうのサインを、今から受け取り直すだけなのですから。

そのためには、大事なポイントがあります。

《宇宙の法則》《神の愛》の贈りものであるサインとは、「今」という時間にだけ、現れる特徴があるのです。

過去でも未来でもない、「今」の場所にだけ、現れる。

ですから、サインを受け取るために、まずは、時間の概念を壊してみませんか?

一体どういうこと? と、思われましたね?

ご説明いたしましょう。

愛の証であるサインを、よりたくさん受け取るために時間の概念を先に壊して、「今」という時間を創り出してみます。具体的には、どんなことを?

それは、ご家族に対して「自分より、何十年も先に生まれた、何でも知っている大人のお手本」という見方を、「今」ここで、きっぱりとやめることです。

「親という、役割や立場」から、彼らを自由にしてあげるのです!

彼らを、親という役割と責任から、自由にしてあげてください。

パパやママがあなたを産んだ歳を、もうあなたが超えているとしたらどうでしょう?

その頃のパパとママが、どれほどまだ未熟な男女で、迷い、戸惑いながら、幼い子供のあなたを育ててきたのでしょう?

きっと「今」のあなたなら、想像がつくはずです。

若かった彼らが、すべてを完璧になんてできるわけがなかったことを「今、ここ」で、どうか優しく見てあげて欲しいのです。

親というレッテルを外した、ただの人間としての彼らを見つめ直して欲しいのです。

時間の概念を壊す、ということは、登場人物の時間を「今」に揃えること。
たとえて言うなら、こうです。

《もし、あなたのパパとママが、同じ歳の、同じ職場の同僚だったら?》

時間を壊すとは、登場人物の時間を「今」に揃えること!
あまりの単純さに、杏は可笑しくなりました。
そして、高校生の時、お父さんから聞いた話を思い出しました。

「杏、見てごらん。テーブルに、二つのコップを離して置く。遠くに置いたコップは、手前に置いたコップより小さく見えるだろう？　でも、手前と遠くにコップを置いたままで、ここから、どちらのコップも同じ大きさに見えたとしたら？　見かけ上、二つのコップの距離にたどり着く時間が消える、これがタイムマシーンの原理、というわけ」

杏はこれを聞いた時、タイムワープとはマシーンの開発ではなくて、時空をくぐり抜ける「思考と見方」なのだ……と感じたことを思い出しました。

両親を自分と同じ歳として見てみることが、時間を壊すことになる。

その見方は、お父さんが教えてくれたタイムマシーンの原理のようでした。

『さあ、あなたは、パパが同じ歳だったら、どんな関係になりますか？

同じ歳のママとは、どんな関係に？

同じグループの親友に？

それとも、「おはよう」を言うくらいの、距離のある関係？

なんなら、一緒に暮らしてもいいほどの恋人に？

もし、ご家族が他界、またはもともといらっしゃらない時は、想像で構いません。即答できるご家族からやってみましょう。

パパやママと同じ歳だったら、あなたはどんな気持ちで、彼らを見るのでしょう？そして、どんな関係になりますか？』

生まれた頃に亡くなってしまったお母さんが「いることを想像する」ことが難しい杏は、まずは、お父さんのことを考えることにしました。

「会社のドアを開けたら、お父さんが同じ机に座っている……なんだか想像すると可笑しいけれど、普通に心地よく話をするかも。親友になってもいい。恋人には？　うーん……一緒にいて楽だし、好きになってもいいかな」

杏はハッとしました。

自分がこんなにお父さんのことを好きだったなんて、思いもかけないことでした。

そして、またあのあたたかな感覚を感じながら、メモ帳に《わたしの本音》を書いていると、いつの間にか杏の目から涙がポタポタと落ちていきました。

『そう、それが、今まで気づきもしなかった、パパやママに思っていた《わたしの本音》です。

ほんとうはご自分が思っていたよりも、もっと大好きだったかもしれません。

反対に、ご自分が思っていたよりも、もっと遠ざけたい存在だったかもしれません。

そして、そのどちらでも、まったく構わないのです！

ここで大切なのは、好きか嫌いかの、どちらが正しいか？ ではなく、あなたが《わたしの本音》を正直に生きること。これが、最重要項目なのです。

無意識に縛りあっていた、親子という役割や重荷、関係性のしがらみから、ご家族を自由にすると同時に、あなたも彼らの子供であるという心の重荷から、やっと自由になれるのです。

「両親の理想のいい子でいなければ」

「理想と違ってはいけない」

と、自分を縛りつけていた重荷とジャッジから……自分も相手も、自由にした時に、初めてシンプルに、ありのままをただ、そのまま認めることができるようになる。

今日は、そのご家族への《わたしの本音》を、大切にメモをしておいてください。

いずれあなたの、「今起きている、大切なパートナーシップの問題」に必ず役に立ちます。』

＊

事務所に戻ると、杏のデスクの椅子に座ってぐるぐると回りながら、恩田さんがニナと話をしていました。

「でね、彼女がまた騒ぐんだよ」

「彼女ってどの彼女のことですか？　恩田さんいつも違うから」

「心外だなぁニナくん。もう半年も同じ彼女よ？　最初は大人しくていい子だなって思ってたら、〝あなたの歌がこんなに流れてるのに、いつまで実家暮らしなの？　自立しないマザコン！〟って。だから、穏やかな俺もつい〝お袋一人なんだから仕方ないだろ!?〟って、声荒げちゃったりして。今じゃケンカの毎日さ」

恩田さんは、たくさんのヒット曲を創っているベテラン作家にもかかわらず、マネージメントが苦手で幼馴染みの社長を介してずっと仕事をしているので、ちょくちょくこの事務所にやって来ます。

「お。杏くん、どうしたんだい？　ウサギのような赤い目で僕をじっと見つめたりして」

「そこ、杏ちゃんの席だからどいて欲しいんですよ」

と、ニナ。

「いいんですいいんです、座っててください。さっき屋上で本を読んでたから……」

杏は恥ずかしくなって目をゴシゴシとこすりました。

「え？　俺のこと書いてある本で泣いてたの？　今月の雑誌かなんか？」

「どこにも載ってませんよ、恩田さんのことなんて。杏ちゃんが夢中になってる不思議な本のこと。ね？」

杏が赤い目をごまかすよう、ここを、と先ほどの文庫本を開いてそのページを二人に見せると、ニナが早速読み上げました。

「へぇ……ママのいい子でい続けると、心が自立しないからお金が増えない——あ。そういえば恩田さん〝俺の買った株は下がったのに、親父がお袋に残した株が突然上がった〟って言ってませんでした？」

「う、うーむ」

「わたしもそうだったんです……父が生きていた時から、いつまでも父に甘えて実家暮らしだったから、前の職場ではいつも昇格できなかったんだなって……でも、一番大事なことは、**《わたしの本音》を正直に生きること**って、この本に書いてありました」

「ほお」

と、恩田さん。

「あと、両親が自分と同じ歳の同僚だったら、どんな関係になるかを考えると、《わたしの本音》がわかるんだって……」

杏が本を抱えながら一生懸命説明する姿に、ニナがからかい口調で恩田さんに詰め寄りました。

「ぜひ聞きたい。マザコンの恩田さんが、お母さまと同じ歳の同僚だったら、どう付き合うのか？」

「え？　お、俺の本音？　そ、それは……」

ごくりと唾を飲み込んで、恩田さんはボソリと言いました。

「お袋みたいな口うるさいのとは、絶対、付き合わない……」

＊

「出先で曲の依頼がドドッと入っちゃって、うれしい悲鳴だ」

そう言いながら、事務所には杏とニナだけになった窓から西日が差す頃、社長がうれしそうに帰ってきました。

「お帰りなさい」

と杏とニナが言うと、社長は携帯電話を見ながら言いました。

「そういや、さっき恩田ちゃんから長いメールが来ててさ。長年のマザコンの問題を、杏が解決してくれたんだって？　えーと、何だっけな……そうそう〝杏くんにありがとうって言ってくれ〟とか〝お袋と少し距離を置くのに実家のそばに引っ越す〟とか……書いてあるけど」

パソコン作業に集中していたニナは、驚いて手を止めました。

「杏ちゃんの本、効果すごい」

杏も社長の珈琲を用意しながら、驚きながらもよろこんで言いました。

「わたしじゃなくて、わたしが今、一番大好きで読んでいる本が解決してくれただけで、――あ……」

その時です。杏の心の中に、またあの声が響きました。

「だって、自分の一番好きなものを大好きな相手と分けあったら、自分もみんなも、もっと幸せが大きく広がるんだよ？　幸せって、単純だよ」

「どしたの杏ちゃん?」

「わたし今……自分の一番好きな本を大好きなみんなと分けあって、わたしもみんなも幸せにできた……ってことは、同じ意味が重なったサインだから……あの女の子にまた逢えるのかもしれない……」

杏は幸せな気持ちで一人微笑みました。

「音楽のしないカフェで?」

と、杏の呟きに、勝手知ったるニナも微笑みます。

「はい、そうです」

「杏のそんなにうれしそうな顔、初めて見た気がするな。とうとう、**わたしの本音**を生き始めたかな?」

何も知らないはずの社長が鋭い指摘をして、二人は思わず顔を見合わせました。

杏は、湯気の立つ珈琲の入ったカップを社長に差し出すと、

「はい。きっとその時は、もっとたくさんサインが起こるんだと思います。わたしが《**わたしの本音**》を生き始めたら」

そう力強く頷きました。

「お。何だか頼もしいじゃない」

と、社長もうれしそうにあたたかい珈琲をすすりました。

＊

杏の家のリビングの窓からは、綺麗な満月が輝いていました。

夕飯を食べ終えた杏は、お昼休みに書いたメモを置いて、赤い革の本の続きを読み始めました。

『ご家族に対する《わたしの本音》が書かれたメモが、どうして「今起きているパートナーシップの問題」に役立つのか？

なぜならそれは、あなたがパパやママに対して隠し持っていた《わたしの本音》が、あなたの一番身近なパートナー、もしくはこれから現れるパートナーに対して抱く《わたしの本音》と、まったく同じ答えになるからです！

《わたしの本音》が、パパやママのような人は、遠ざけたい存在だった場合。
それでも無理に好きになろう、愛そうとする習慣がついていて、あなたは、パパやママに似たパートナーを、必ず「好きだと錯覚」します！

つまり、あなたのパートナー選びは、ご家族のネガティブな資質を持っている相手を、選んでいることが多いからです。

《わたしの本音》があぶり出されると、それに気づくために、ご家族のネガティブな資質に似た人と、恋に落ちる仕掛けになっています。
恋に落ちると、それを見ざるを得ないからです！

もしくは、遠ざけたいご両親をパートナーに見続けて、それが鏡の現実に映されると、いつもご両親が言っていたネガティブな台詞とまったく同じ台詞をパートナーから言われる状況を、あなたは、必ず、作り出してしまうのです！』

＊

同じ頃、高級ホテルの一室で、何らや口うるさく恩田さんを叱りつけていた彼女は、バックを掴むと、ルームキーを抜いて出て行ってしまいました。

勢いよくドアを閉めた彼女はそのままドアに寄りかかり、いつもの如く彼が追いかけて来るのを、携帯を見ながら待っています。

が、ドアの向こうの恩田さんは一向に出てきません。

なぜなら恩田さんは、キーを抜かれて真っ暗な部屋のクイーンベッドの真ん中で、のびのびと両手両足を広げると、そのままスヤスヤと深い眠りについてしまったからです。

ドアの向こうで待てど暮らせど、自分を追いかけて来ない彼にしびれを切らした彼女は、ぷいっとエレベーターへ乗って帰ってしまいました。

真っ暗な部屋で眠る恩田さんに満月の光が降り注ぐと、その寝顔は、まるで安心しきった子供のように笑っていました。

＊

杏は、リビングで赤い革の本を読み続けています。

『ですからどうか、《わたしの本音》に正直でいてください。

《わたしの本音》が、彼らを「嫌い」なら、それをそのまま尊重してください。

あなたがほんとうは、ご両親を遠ざけたいと感じていた《わたしの本音》を正直に受け入れ始めた途端に、現在のパートナーとの問題は、戻るべき正位置へと、急速に動いていきます。

それは、悲しいことではありません。

繰り返されていた、ほんとうの《わたしの本音》に気づくためのサインがやっと、自分自身とひとつになれた証なのですから。

その愛のクリエイション（創造）の光の速さは、目を見張るものがあるでしょう。

長い間、別人格であるパパとママの理想を生きていたことで、わたし自身が、ずっと

《わたしの本音》と一致して生きていない。

その不一致が、現実に映されていたから《わたしの本音》と一致しない現実ばかりが、現れ続けていたのです。

ですからまずは《わたしの本音》と一致するために、自分とは別の誰か、両親の理想という条件付きの存在……そんな、〝偽りのわたしになろうとする〟ことを一切やめる。
ただご自分でご自分の、ありのままの《わたしの本音》を正直に尊重する。

すると、どうでしょう!
自然とあなたは、パパやママやパートナーの未熟な姿をありのままに愛せるのです!
同時に、無理をしてでも好きになろうとしていた人からの「愛が欲しい!」と、求め続けていた不足にあなたはやっと気がついて、その苦しみを、終わらせることができるのです。』

＊

事務所の屋上では、ニナが「アラタ」と画面に表示された携帯で電話をずっとかけ続けていましたが、いつまでも出ないことに小さくため息をついて携帯をしまうと、夜空の満月と東京タワーを眩しそうに見上げました。

そんなニナを遠くから見ていた社長は、立入り禁止の札をひょいっと越えて、隣にやって来て言いました。

「今夜は綺麗な満月だな……グレープフルーツみたいなお月さまだ」

ニナも夜空を見上げたまま、言いました。

「杏ちゃんのこと、社長はよく見てますよね」

「ん？　見てますよ。見てるのが社長の仕事ですから」

満月を見つめたまま、社長は話を続けました。

「恩田ちゃんの彼女は、いつも過干渉のお母さんと同じタイプの人だったからねぇ。ほんとうはお袋さんと距離を置きたいって自分の本音に気づくために、同じタイプと付き合っては、別れる。それを本人が気づくまで、繰り返す」

ニナはちょっと驚いて社長を見ました。

「社長は、それを知ってて、今まで言わなかったんですか？」

「いい大人の男に、わざわざ言うことでもないだろ？」

「まあ……確かに」

「杏は自分じゃ気づいてないけど、大人は普通、そこは黙ってるよねってとこに、なんか入って来るんだよな。それが時折、いい役割になるんだけど」

「それ、わかります。仕事場なのに、泣いたり笑ったりすぐ顔に出るし。まだ子供みたいなのに、身寄りもなくて一人ぼっちで……。危なっかしくて、つい見ちゃうんです」

「……ありがとね」

思いがけない感謝の言葉に、ニナはドキッとして社長を見つめました。

「……わたし、社長のことも見てますよ。案外不器用、とか」

「お。言うね」

と、社長は笑いました。

「ろくに面接もしないで素人の杏ちゃんを雇ったのは、社長もわたしと同じ。一人ぼっちのあの子が心配だったからでしょ？」

「そんな大層なもんでもないさ」

「またカッコつけちゃって」

ははは、と笑う社長の横で、ニナはさりげなく携帯のメールを開き、未読のままの「アラタ」の画面を見ながら言いました。

「……男のすることなんて、大体お見通しですよ……」

そんなニナをちらりと横目で見ながら、社長が言いました。

「何だかニナも、いつまでも帰りたくない子供みたいだけど。お家で彼が待ってるんじゃないの？」ニナはその言葉を吹っ切るよう、大きく伸びをしました。

「うーん！　恩田さんと一緒で、好きな人のことは実はよくわかんないのかも……！好きじゃない男のことは、よくわかるんだけどなあ」

「いいんじゃない？　そういうの。生きてる！　って感じで」

「あ。また知らないふりした」

と、ニナが軽く睨むと、社長は夜風に目を細めました。

＊

リビングで本を読んでいた杏は、窓からの光に歩み寄ると初めて満月に気づきました。

「満月だったんだ……」

杏は窓辺に座って月の光を胸いっぱい吸い込むと、本の続きをまた読み始めました。


『今日のレッスンは、いかがでしたか？


パパやママを愛することと、彼らの言う通りに生きることは、まったく違います。

彼らの期待に無理をして応えて、彼らの理想を真似ることは、愛することではないのです。

未熟だった彼らの、不器用なあなたへの愛だけをただ、そのまま「ありがとう」――

そう素直に受け取るだけ。

ただそれだけで、よかったのです。

愛とは、そんな風に何の条件も見返りもなく、自由であたたかなものだからです。

こんな風に、「今」という感覚の中に、すべての登場人物を同じ歳にして入れてみますと、実は〝パパやママの理想のいい子〟という役割に、自らご自分を縛り付けていた「幼いわたしの思い込みを、ずっと生きていた自分」に気づくことができます。

ご自分がまだ《わたしの本音》に気づけていない時は、現実という「今」に、繰り返し「気づきのためのサイン」が現れる――。

「今という感覚の中に、すべてがある」という仕組みを、今日のレッスンで、少しだけわかっていただけたのではないかな？　と思います。

そういう見方ができたなら、問題とは、あなたが《わたしの本音》を生きていないことを伝える「それは違いますよ」という親切なお知らせの手紙のようなものだ、とわかります。

問題という親切な手紙の中の登場人物だった、嫌われ役のパパやママやパートナーへ、今夜は、心からの感謝を想いながら、眠りに就いてみてはいかがでしょうか……。』

杏はここまで読むと、ふと、お父さんからの最後の手紙をもう一度読みたくなりました。お父さんが亡くなってからは、ほんとうに一人ぼっちになってしまった自分を感じるのが怖くて、書斎にはずっと入れないままだったというのに。

杏は、なんだか急に幼い頃を思い出しながら、まるで今も書斎にはお父さんが座っているからその仕事の邪魔をしないよう——静かに静かに二階の階段を上がっていきました。

するとその時、リビングのテーブルに置いたままの本が窓からの風でページがめくれて、こんな文字が見えました。

『そして、《わたしの本音》がパパやママを、人として、心から愛していた場合。

《わたしの本音》の「好き」という《光の波》が、パパやママのあなたへの「好き」という《光の波》と、かるた合わせのようにひとつに重なって……

目に見えるシンクロニシティ（偶然の意味ある一致）のタイミングを使って、現実に「贈りもの」を受け取るサインが現れます。

《わたしの本音》と現実がひとつに重なるほど、幸せな、「愛の贈りもの」が必ず届きます。』

＊

杏が書斎のドアを開けると、壁中の本に囲まれた机とベッド、お父さんの青いインク壺と万年筆、原稿用紙、積み重なったままの本……それらは、今もまだ何もかも変わらないまま、ただそこに佇んでいました。

杏は机の抽斗《ひきだし》を開けて、そこにしまっていたお父さんの遺言書の封筒を開きました。

すると、小さなメモが封筒から滑り落ちました。

「え……もう一枚？」

驚いてそのメモを拾い上げると、そこにはこう書かれていました。

『P．S．杏、この人生は一度きり。思い切り好きなことを仕事にし、シンプルに愛する人と暮らしていくといい。僕は、そうした』

そのメモを見た途端、堰を切ったように、杏の目から大粒の涙が溢れてきました。

それは一年前、たった一人でお父さんを見送ったあの日……悲し過ぎて、飲み込んでしまった涙を取り戻すような大粒の涙でした。

でも、それはただ寂しいだけの涙ではなくて、今、杏の想いとお父さんの想いがひとつに重なって、まさに「愛の贈りもの」を受け取った——そんなよろこびが後から後から溢れてくる涙でした。

＊

窓からの風に、パラパラと揺れているリビングのテーブルの杏のメモ帳には、こう書かれていました。

『お父さんとは、一緒に暮らしたい関係』

メモの横に置かれたままの本もまた風に吹かれて、今日のレッスンの最後のページへとめくれていきました。

『きっとあなたはどこかで、自分は一人ぼっちだと思い込んでいて、それぞれが、すでにつながっている光のラインを、まだ少し見えずにいるかもしれません。』

＊

ホテルから戻ってきた恩田さんは、一人レコーディングスタジオにこもって、曲作りをしていました。手元の携帯には「母さん」からの着信が光っていますが、恩田さんはひたすら曲作りに集中していました。

＊

ニナもまだ家に帰らずに、屋上で一人、満月を見つめながら煙草を吸っていました。

＊

フランスの冷凍食品のお店を訪れていた社長は、エスカルゴのブルゴーニュ風を見つけると——手に取ってにっこりと眺めました。

＊

杏のリビングのテーブルの本のページが、風でふわふわと揺れていました。

『だからこそサインという采配は、今、この瞬間の、この時も、あなたの周りを、光速のラインでつなぎながら——すでに、いつだって、たったひとつだった愛の中を駆け巡っているのです。』

＊

書斎では、杏がひとしきり泣いた後の清々しい顔で、今、自分の内側から広がっているあたたかさに包まれながら、お父さんの手紙の匂いを胸いっぱいにすうーっと吸い込みました。

心から愛おしく、思いっきり……！

3

wishes to grapefruit moon — chapter 3

そのネガティブな感情は、誰のもの？

chapter 3

そのネガティブな感情は、誰のもの？

昨晩、杏は初めて〝幸せに泣いた〟体験をして、何年かぶりに書斎のお父さんのベッドで眠ってしまいました。

ベッドからやっともぞもぞと起き出すと、サイドテーブルの鏡に手を伸ばしました。鏡を覗くと、泣きはらした目はぷっくりと腫れていましたが、それさえも可笑しくて笑ってしまうほど心はとても軽やかでした。

昨日から、何だかお父さんがリアルにそばにいるような気がするのも不思議な感覚でした。あれほど寂しさに蓋をして、ずっと見ないよう遠ざけてきたのに。

寂しさが溢れ出してしまったら、心が全部飲み込まれて死んでしまうかもしれない！

杏は、そんな空怖《そらおそろ》しさをずっと感じていたけれど「その恐怖は、子どもの頃の影絵遊びのようなものかも……」そう気づいたのでした。

幼い頃、このベッドから見ていた天井には、小さな杏の両手が作った影絵遊びの大きな真っ黒のモンスターが口を開けて、仕事をしているお父さんと杏を今にも食べようと待ち構えている――けれどもよく見るとそのモンスターは他でもない、自分の両手を**怪物に見立てて迫真の演技で怖がっている**、自作自演の妄想なのです。

「わたしの心はそんな風に、**子供のままの思い込みを怖がっていただけ**なのかもしれない……」

それと同時に、もう一つ杏が気づいたのは、「寂しさという感情を長い間押さえつけていると、同時によろこびの感情も一緒に長い間押さえつけられてしまう」ということでした。

そのことが昨晩、大声で泣いているうちに瓶の蓋がポン！　と弾けたように溢れ出て――寂しさという名のドロドロのジャムは、案外悪くない味でした。

寂しいけれど、よろこびもたくさん混じった、ほろ苦く幸せなビタースウィート。涙と共に充分に味わったら、寂しさの感情は跡形もなく消えてしまいました。

ですから今朝は、いつもとはまったく違った気分でした。感情が揺れずに、心が今、静かに止まっている感じ。

心がしんと「今」の中に止まっていると、なぜかあたたかな《わたしの本音》だけがぽわんと浮かんできて、過去の寂しさや将来の不安など、まったく考えられなくなりました。

過去でも未来でもない、「今」の場所だけに、サインは現れる——そう、本にも書かれていたあの場所に、杏は自分がいる感じがしました。

そして、杏の心が「今」にとどまっていると、亡くなったはずのお父さんがそばにいるような、忘れていた深い安心感と確信も自然と内側から溢れてくるのでした。

杏は思いました。

大好きなお父さんからの手紙を読んで、こんな風にベッドから思い出の天井を見つめていると——**わたしが大切にしているものだけが存在している、ここはわたしの心の一番安心安全の場所。**

ここに「今、いる」ことこそが、《わたしの本音》の中に浸りきっていることなのだ、と。

「あのカフェはわたしの〝お気に入り〟でもあるし、きっと後ろ姿の痩せっぽちの女の子の〝お気に入り〟でもあるはず……そう考えたら、《わたしの本音》とあの子の本音は重なっているのだから、これもサインに違いないわ！」

と感じて、杏は美術館のカフェに向かうため街へ繰り出しました。

けれどもたとえ彼女に逢えたとしても、人見知りの杏に声をかける勇気があるのかわかりません。

でも、今《わたしの本音》を大切にするなら、杏はこんな気分でした。

「あなたが言ってくれたあの一言から、わたしのお気に入りの本が大好きな人たちを幸せにした経験をしたの！　ほんとうにありがとう！」

万が一逢えたとして、その先の会話が弾んだ時のために、杏はもちろん赤い革の本もポシェットに入れて持ってきていました。

「まあでも、この予感も、わたしの影絵なのかもしれないけれど……」

そう呟くと、街のウィンドウ越しに映る腫れた目を隠したサングラス姿の自分に笑いながら、杏は一番乗りするつもりでカフェへ急ぎました。

＊

早く着き過ぎたのでしょうか、美術館の正門はまだ開いていませんでした。

そして、先週はなかった、門に大きな展覧会のパネルが立てられていました。

『*Light in relationship*』――関係性の中の光。何だかおもしろそうな現代アートが、明日から始まるようでした。

その時です。急ブレーキと共に一台の青いオープンカーが乗り込んでくると、助手席から携帯を手にした白髪のショートヘアの中年女性が出てきました。

ストライプの洗いざらしのシャツに、長い足に似合うベルボトムのデニム。そのお洒落でマスキュリンな雰囲気の女性は、門に鍵がかかっているのを見ると空を仰いで言いました。

「Oh, my God……電話も正門もクローズ！」

すると運転席から、ボヘミアンレースのオーバーシャツに無造作なポニーテールの、こちらもセンスのいい中年女性が言いました。

「大丈夫、きっとまだ間に合う！　ムツキ、ここからよじ登って中に入って！」

ＯＫ、と明るい声がして後部座席のドアが開くと、デニムにパーカーを着た痩せっぽちのショートヘアの女の子が、まるで白昼強盗の一味のような勢いで軽々と門をよじ登り、ストンと門の向こう側にこちらを向いて着地した途端に目が合うと――杏はびっくりしました。

見覚えのあるその痩せた体にショートヘアのその子は、確かに昨日ここで見かけたあの後ろ姿の女の子であり、そしてよく見るとその顔は男の子だったのです！

杏は、泣き腫らした目もすっかり忘れて、思わずサングラスを外しました。

ムツキと呼ばれた男の子は、きらきらした潤んだ瞳で、杏の顔をじっと見つめて言いました。

「そのびっくりしている顔は――僕を探していたんですね？」

「え？　あ、はい！」

「ふふふ。だったら、美術館のカフェで待っていてください。この仕事が終わったら、僕、すぐに行きますから」

ムツキは礼儀正しく笑顔で言うと、内側から門を開けすぐさま車ごとを招き入れて、また車へと飛び乗りました。

杏は、あまりに突然の出来事なのに、素直に「はい」と答えていた自分に驚きました。が、「泥棒の仕事が終わったら、カフェでお茶を飲む一味なのかしら？」と、くすっと可笑しくもなりながら、ふと思いました。

「そういえば、どうしてあの子はいつも《わたしの本音》がわかるのだろう……」

立ち尽くしたままの杏へ挨拶をするかのように、青いオープンカーはヴオンとアクセルを鳴らして、あっという間に中庭の奥の美術館の方へと駆け抜けて行きました。

＊

と、その同じ頃、バタン！　と怒ったような音を立てて、アラタがアパートのドアを閉めて出ていきました。

その音を背中で聞いていたニナは、ゆっくり立ち上がると、食べかけの朝食の後片付けを始めました。

ニナは、キッチンの蛇口をひねり黙々と洗いものを始めると、その音で自分の声をかき消すように、ザーザーと水を流しながら呟きました。

「どうしてわたしたち……一緒にいる方が不安になるんだろう……」

そう呟いたニナの目からも、涙がとめどなく溢れていきました。

*

杏は、カフェのいつもの席に座ってはいましたが、一連の猛スピードの出来事にまだぼんやり上の空のままでした。

上の空のまま珈琲を飲みながら、またあの赤い革の本を何となく開いて、言われた通りにムツキを待っていました。

『またこの本を開いてくださって、ありがとう。

前回は、サインがより《わたしの本音》と重なって、深い愛を体験するために、「自分

ではない、パパとママの理想を生きている」かどうかを再確認して、《わたしの本音》に深く近づいてみました。

さあ、今度は、そこをさらに丁寧に、《わたしの本音》の次は《わたしの感情》について、今日は見つめてみたいと思っています。

あなたが抱いているあらゆる《感情》は、一体どこまでが《わたしの感情》で、どこからが《大切な人の感情》だったのか？

今日は、そこをしっかりと見つめたいのです。

幼い頃から、パパやママの理想を汲んで《わたしの本音》さえも押し込めるほど、パパやママと、ひとつに重なろうとしていると――。

あなたは、目の前の大切な相手の感情とも、無意識に重なろうとします。

すると、「どこからどこまでが《わたしの感情》で、どこからどこまでが《わたしとは別人の大切な人の感情》なのか？」

あなたはまた、その区別が、まったくつかなくなってしまうのです！

愛の心にとって境界線とは常に曖昧で、心には形がないから、溶け合ってしまうのです。

「愛を知っている人」は相手のよろこびの感情と溶け合って、まるで自分のよろこびの感情のように感じることができる――共感力が極めて高い、以心伝心、テレパシーとも呼ばれる能力を持ちあわせます。

それは、相手のポジティブな感情を共に体験し、幸せを分かち合える、愛の心です。』

以心伝心、テレパシー……聞いたことはあるけれど、そんな言葉はSF映画か漫画の世界のことだと思っていました。

けれども、この本を読み始めてからというもの、確かに杏も「どこまでが自分の心の呟きの妄想で、どこまでが現実で起こっていることなのか？」その〝境界線〟がよくわからなくなっていました。

亡くなったはずのお父さんの存在が感じられる気がすること、あの子に逢える気がしていたら逢えてしまうこと――それらもある意味、杏の《本音》と現実に〝境界線〟がなくなった以心伝心の状態と言える気がしました。

そして、この本を読んでからというもの、自分が《わたしの本音》を丁寧に見つめただけで、本の最初のレッスンにも書かれていた、

あなたの想いと同じ形を持った人やものが共鳴し、現実になって届く。
目には見えない、クリエイション（創造）の《光の波》というものは、いつだって目に見える形の〝人や、物質や、出来事〟を探している――。

そのことが、だんだん「ほんとうだ」と、杏は思えるようになってきていました。

ムツキと呼ばれていたあの子の、さっきの不思議な台詞も思い出して「どうしてあの子は、いつも**《わたしの本音》**がわかるのか？」その答えがこの、まるでSFの世界のよ

うな以心伝心、テレパシーなのかもしれない、という気がしたのです。

「そのびっくりしてる顔は——僕を探していたんですね？」

杏は、〝境界線〟のない《**わたしの本音**》とひとつに重なったムツキの台詞を思い返すと、また胸の奥があたたかくなりました。

杏は、本を開いたまま自分の胸にそっと触れると……微笑んで目を閉じました。

カウンターからそんな杏を見ていたマスターは、水色のウェッジウッドのジャスパーカメオのカップを手にとると、カップに描かれたギリシャ神話の王子と美女に微笑んで呟きました。

「あの子にも、あなたたちと同じ——〝純愛〟の女神アフロディテがやって来たようですよ」

＊

「あはははは！」

あれから30分もしないうちにカフェにやって来たムツキは、「三人が白昼泥棒の一味に見えた」という杏の話に、お腹を抱えて笑っていました。

ムツキのその屈託のない姿に、杏もつい、つられて笑っていました。

「逢ったばかりなのに、ムツキとはずっと前から友達だったみたい……」

杏は、人見知りの自分がこんなに緊張せずに自然でいられるのが、とても不思議でした。


するとそこに、泥棒一味の白髪のショートヘアとポニーテールの素敵な雰囲気の二人の中年女性がやってきて、慣れた様子で、

「マスター、わたしたちはすぐにまた展示に戻るので、オーダーはランチの時に」

そう声をかけると、当たり前のように杏とムツキの隣に腰かけました。

「ねえ、今、彼女がね！　僕たちが美術品の白昼強盗に見えたって話してくれたの！　おもしろいでしょ？」

二人の女性に囲まれたムツキは、途端に小さな子供のように夢中で話し出しました。

「いいセンスしてるわね？　半分は当たってる」

おどけた白髪の女性にウィンクをされて、杏はドキドキしてうつむきました。

「世界中から美しい作品を泥棒のように集めて、今回のこの美術館の展示のキュレーターをしています、藤原純です」

と、白髪の女性が爽やかに続けました。

「純さん……初めまして。久住杏と言います……キュレーターの方だったんですね」

「ええ。世界中のコレクターを説き伏せて、騙して説得して。作品を奪ってくる大泥棒なのよ」

と、純もまた屈託なく笑いました。

「彼女はいつもこうやってふざけるのが大好きなの。わたしも初めまして。彼女とずっとパートナーとして一緒に仕事をしています、三浦暁です」

そう、ポニーテールの女性が、優しく杏に微笑みました。

「暁さん……初めまして」

ムツキは杏に微笑んで言いました。

「彼女の目を見た時、僕のこと、ずっと待ってたのが伝わってきたの。僕、目を見ると、その人の感情が、大体わかってしまうから」

ムツキのあまりに自然な発言に、杏はこれまでの不思議なすべての〝謎〟が解けた気がしました。これが本に書いてあった、**愛の心を持っているテレパシー**の持ち主なんだ……！　と。


「またお友達を驚かせて。彼女の目がまん丸になってるわよ？」

と、暁が笑ってムツキを諭しました。

「ううん、彼女は大学の友達じゃなくて、今日初めて逢ったんだよ。初めてなんだけど〝知ってる感じがして〟じっと見たら、僕を待ってたのがわかった」

「あら珍しい。あなたが初めての人に、直観能力の話をするのは」

と、純が乗り出します。

「うん。だからきっと、初めてじゃない……前に逢ってるって、君の心がそう言っています。でも、僕には君と逢った記憶がないのはどうしてかな……」

まるで探偵のように考え込みながらも、ムツキの預言者のような力に驚いて、杏は答えました。

「ここで先週、あなたがお友達と並んでいた後ろ姿を、わたしが勝手に見ていただけだから……わたしは見ていたけど、あの日、あなたはわたしを見ていないわ」

「なるほど！　だから初めてじゃないのに、初めましてなんだね！」

やっと合点がいった様子で、ムツキはうれしそうに頷きました。

「でも、後ろ姿だけで、絶対女の子だと思ってました……」

それを聞くと、三人は顔を見合わせてまた大笑いしました。

「そ、そんなに可笑しいことですか？」

三人があまりに笑うので、つい質問をすると、純が楽しそうに答えました。

「さすが、ムツキが気にかける子はいい線いってるわ」

「ほんとうに！」

と、暁も微笑みました。

すると、ムツキがにこにこしたまま、こう言いました。

「僕は、これから男性になるのか、それとも女性になるのか、まだ性別を決めてないんです。だから、君はとってもいい直観をしています」

「え……」

「僕、この二人に引き取られて育ててもらっている、彼女たちの息子なんです」

「満月の夜に、この子がわたしたちのところにやって来てくれたから。月という音の入った、ムツキって名前に」

と、暁は愛しそうにムツキの髪をくしゃくしゃと撫でました。

「お母さんたちの家の前に、赤ちゃんの僕が入ったバスケットが置いてあったんだよね？」

そんな話に一切悲しむ様子もなく、幸せそうに笑っているムツキに、杏は言葉が出ませんでした。

そして、そんな風に心から幸せそうに笑っているムツキの笑顔は時折、見間違えでも何でもなく、やっぱり誰よりも可愛い女の子のように見えるのです。

「ルナティックな夜は人を狂わすって言うけど、こんな可愛い子をわたしたちへ届けてくれた月の魔法に、心から感謝した夜だったわ」

そう、純も心から愛しくムツキを見つめて言いました。

何とも複雑なはずの境遇なのにムツキが悲しまないのは、こんなに二人に愛されているからなんだな……と伝わってきて、三人を見ていた杏の胸の奥からは、またあのあたたかな感覚が広がっていきました。

杏は、ムツキの一言が自分を導いてくれたきっかけをくれたお礼を言いたかったこと、男性になるのか、それとも女性になるのか、まだ性別を決めてないってどういうこと？純さんと暁さんは、同性婚ということですか?? 聞きたいことは山ほどありましたが、このあたたかな感覚に包まれていると、他には何も聞く必要がない気もしました。

「そういえば……昨日もとても綺麗な満月でした」

と、ただそれだけが杏の口からこぼれました。

「うん。僕もずっと見ていた……気づいていたんだね、満月に。僕たち、なんだか気が合いそうだ……」

そう、今度のムツキは一瞬、優しい男性のように微笑むので、杏はドキッとしました。

「あなたの直観がそう感じるのなら、間違いないわね」

と、暁がムツキに言うと、

「今日もムツキの勘に従って、フランスの教会から取り寄せた小さな絵を搬入日ギリギリで納品したの。何度か諦めかけたけど、結局、間に合った。この子のインスピレーションには、ほんとうに助けられる」

そう、純も強い信頼を寄せた眼差しをムツキに向けて言いました。

暁は、真っ白な厚紙に金色の満月が型押しされた名刺を杏に差し出しました。

「わたしたちの事務所兼、自宅の名刺です。よかったらまたぜひお逢いしませんか？　これからもムツキの直観の〝サイン〟になってあげて欲しいし」

〝サイン〟……！　まさに今、わたしが読んでいる大好きな本はサインの本なんです……！

そう、杏の心はまたこの現実と《わたしの本音》の重なりにうれし過ぎて、もうこれ以上言葉が出てきませんでした。

そんな幸せそうな杏の表情に、純は芯から優しい微笑みで杏に言いました。

「まさに。『*Light in relationship*』になってあげて」

胸がいっぱいのまま頷いて名刺を受け取った杏は、ムツキと何十年来の仲のように、自然と見つめ合いました。

ムツキはそのきらきらとした瞳で、真っすぐに杏を見つめて言いました。

「杏、て呼んでいいんだね――僕のことは、ムツキで」

見つめ合う二人の横顔は、まるでほんとうにウェッジウッドのカップの王子と美女にそっくりなのでした。

*

「確かに昨日、《わたしの本音》は、後ろ姿のあの子にいつか逢って、お礼が言いたいって思っていたんです！　二人とも同じカフェがお気に入りっていうのも、友達になれるサインかも、って……でも、それを超えることが起きて……！　だって、あの後ろ姿の女の子が目の前に現れて、しかも本の扉のページ通り女の子じゃなくて、男の子だったんです！　ムツキって名前で、美術館のキュレーターの、外人みたいな素敵な女性二人の息子さんで……！」

杏が事務所のソファで、ランチボックスをバックにしまいながら興奮気味で話すのを、社長と恩田さんは珈琲を飲みながら、うんうんと聞いていました。

「ん？　えーと、女性二人の、息子さん⁇　杏くん、もうちょっと落ち着いて話さない？」

「ええ、はい、話したいことがいっぱいだから、どこから話していいのか——休憩時間、あと5分ですし」

と、杏は壁の時計を慌てて見ました。

「なんか、眠ってた子供が起きた途端にうるさい、あの感じだな」

と、社長が笑いました。

「今日は、相づち役のニナくんが、珍しくお休みだしな」

そう恩田さんも笑うと、

「ねえ杏くん、ちなみに、今日の本のレッスンはどんな感じなの？　いやあ、あの本を読んでから、この前のＣＭ曲のレコーディングも、二曲でいいのに、すらすらっと十曲も創れちゃって。しかもリクエストが〝旅立ちのイメージを〟——って、ぴったりじゃない？　今の俺の心境に！〝速いしうまいし、天才ですね！〟って褒められるわ、ギャラは上がるわ、ね、ね、またちょっとアドバイスしてよ」

「あ……！　そういえば、昨日からまだ、続きを見てませんでした」

杏は、バックから赤い革の文庫本を取り出して、恩田さんに手渡しました。

「母親からの旅立ちは、いつでも晴れ晴れとしてるものさ」

社長が恩田さんの肩を叩いて立ち上がると、事務所の電話が鳴り社長が杏を制して取りました。

「はい、『*Le paradis*』です。ああ！　お世話になってます、安藤です。先日はご依頼ありがとうございます、家具のＣＭは初めてなので、こちらもフレッシュな作家を――え？　デモがまだ上がってない？　今日午前中の締め切りが？」

冷静な社長の珍しい緊張した声に、杏と恩田さんは顔を見合わせました。

社長は腕時計を見て、受話器を抑えます。

「休憩時間の5分は過ぎたな――杏、仕事開始だ、至急ニナに電話して。緊急だから、出るまでコールすること」

「は、はい」

杏も慌てて、自分の携帯を手に取りました。

ソファに座ったままの恩田さんは、首を傾げて、

「まただ珍しい……！　完璧主義のニナくんがミスるなんて、前代未聞だ」

そう呟くと、本をめくりながら、声に出して読み始めました。

『相手のポジティブな感情を共に体験し、幸せを分かち合える、愛の心。

その反対に、愛ではなく、恋を繰り返しているあなたが、相手に重ねているネガティブな感情は、実はすべて、ほんとうのあなたの感情ではありません！

それも前回のレッスンと同じ、あなたのネガティブな感情は、そのほとんどがすべて《パパやママのネガティブな感情》なのです……！

つまり、生まれたてのあなたが、最初に「恋」をしたパパやママの《ネガティブな感情》を、あなたは知らず知らずのうちに、全部、受け取ってきてしまったものなのです。

ですから、《わたしのネガティブな感情》の源やパターンをよく見ると、ご両親の《彼らのネガティブな感情》に、とても似ているのがわかるでしょう。

優しいあなたは、恋するパパやママの《ネガティブな感情》を胸の奥に押し込めて、何十年も見ないようにしてきてしまったのです。

ネガティブな怖れを何も知らなかった、生まれたての優しい愛でいっぱいのあなたは、ご両親のどんな間違いも、時には暴力さえも、ひたすら我慢し、受け取ってきたのです。

恋するご両親を批判するなんていけないことだと、ご自分の方を否定していたからです……！

それほど、生まれたてのあなたは、どんなこともゆるせる愛でしかありませんでした。

そんな純粋な愛だからこそ、大切な相手の何もかもと、重なろうとしてしまうのです。

これが、わたしたちがなぜ、痛みと別れを繰り返す恋をするのか？　恋をしてしまう、からくりなのです。

「誰かと恋をすること」とは、ご両親への初恋の時に、自ら取り込んで押し込めてしまった、ご両親の痛みやネガティブな感情に、もう一度、気づくためのサインなのです……！』

＊

「……はい。もしもし」

頭痛を抱えてベッドに一人潜り込んでいたニナは、鳴り続ける携帯を仕方なく開き、しゃがれた声とボサボサの頭で電話に出ました。

「……あ、社長？　お、おはようございます。え？　うそ……そのＣＭ、完全に来月納期だと思ってた……すみません！　今から行きます！」

慌てて携帯を切ったニナは、頭痛も忘れて、つまずきながら飛び起きました。

＊

事務所でバタバタと緊急の対応をしている杏と社長の横で、ソファに座ったままの恩田さんは、赤い革の本を声に出して読み続けていました。

『赤ちゃんだったあなたの初恋の相手――パパやママに心を重ねて、あなたの中に閉じ込めてしまった《彼らのネガティブな感情》にあなたが気づけるように、なんと《光の波》は《パパとママと同じネガティブな感情》を持った相手を、熱烈な恋という方法で引き寄せるのです！

なぜなら恋をすることで、あなたは相手を深く知りたくなり……否が応でもパパとママの代替えである相手の感情を見つめ、一緒に経験を積むことで、かつて、パパとママから取り込んでしまったまま、自分の中に押し込めて、忘れていた《ネガティブな感情》を、どうしても深く見ざるを得なくなるからです。

けれども、恋の最中にそれに気づけなかった場合、このからくりに気づけないので解消されず、パパとママを丸写しした《ネガティブな感情》の痛みがだけが相手と行き交い、あなたは《相手のネガティブな感情》を批判することで、もっと自分も苦しくなっていきます。

繰り返されるすれ違いや、密かに否定しあう関係性に何十倍も苦しくなっていくのです。』

＊

ニナは、息を切らしながら、地下鉄の入り口を駆け下りていきます。

＊

恩田さんは、声に出して本を読み続けています。
『だからこそ、今日はその、一番初めのご両親への恋に、戻って。
好きだからこそ受け取ってしまった――《パパやママのネガティブな感情》を、一度すべて、彼らへと戻してみます。』

＊

ニナと入れ違いに、疲れた顔でバイトから帰って来たアラタは、ベッドにどさっと腰を下ろしました。

そして、ベッドサイドのテーブルに飾られている、自分とニナが映る写真をじっと見つめると——ポケットの鍵の束から、一つの鍵を外して、写真の前に置きました。

＊

地下鉄に何とか乗り込んだニナは、息を切らしながらも、ふとベビーカーに乗せられた赤ちゃんと目が合いました。

赤ちゃんが小さなぬいぐるみをニナに差し出したので、それを「ありがと」と受け取ると、ニナはまた赤ちゃんに返しました。

赤ちゃんは楽しそうに笑って何度もニナにぬいぐるみを渡しては、ニナも優しく笑って返し続けました。

＊

恩田さんは、ずっと声に出して本を読み続けていました。


『借りたものは、貸してくれた人に、いつかは返すのが当たり前。

それと一緒で、借り受けてしまった《ネガティブな感情》も全部、ご両親にただ、そのままお返しします。

心の中で、

「これは、わたしの感情ではない、すべてお返しします」

ただ、そう意図するだけで、充分です！

そして、借りたものをずっと返すのを忘れていたご自分を、ゆるします。
ゆるす相手は、パパやママや、大切な相手じゃない。
ゆるす相手は――それを忘れて抱え込んでいた、ご自分です。』

＊

ニナは、降りていく赤ちゃんに手を振ると、入れ違いにゆっくりと入って来た、杖をついたおばあちゃんに手を貸して、電車に乗せてあげました。

おばあちゃんは、ニナに「ありがとう」と丁寧に深々と頭を下げたので、ニナも一緒に深く頭を下げました。

＊

事務所では、ニナのデスクでニナに代わって何とかパソコンでメール対応をしている杏と社長の横で、恩田さんはソファに座ったまま、ずっと声に出して本を読み続けていました。

『なぜなら、このワークは、ネガティブな感情を与えた、犯人探しが目的ではありません。

なぜなら、パパやママもきっと子供の頃、あなたと同じ、彼らのそのご両親（あなたの祖父母）から請け負ったネガティブな感情を自分のものだと思い込み、大人になっただけ……。

そうしたらまた、その祖父母のご両親、そのまたご両親……と、ネガティブな感情の元を正すなんて、どこまで行っても正体不明の、幻の影絵なのですから！

ネガティブな感情なんて、誰も、もともと、何一つ持ってはいなかった――ほんとうのわたしたちは、愛だった。

今日は、それをただ、はっきりと思い出す日です。

ですから、今日のワークのテーマは、ずばり、こうです。

このネガティブな感情が、ほんとうはあなたのものではないとしたら？

そのネガティブな感情は、誰のもの？』

と、そこまで恩田さんが読み終えた途端、ドアがバタン！　と勢いよく開いて、ニナが飛び込んできました。

「おはようございます！　すみません、すぐに対応します！」

と、ニナは自分のデスクに杏と社長を押しのけるように座ると、ものすごい速さで仕事を始めました。

「お、おはようございます、ニナ先輩、体調は大丈夫ですか？」

杏は、心配そうにニナに声をかけました。

「ごめんね、ありがとう。もう大丈夫だよ」

と、心配そうな杏を安心させるようにニナは頷きました。

「休みなのに、悪いな。ニナの担当のトラブルだ。先方は、もともとバッファを持たせた期日を出してる。明日の夕方まで、締め切りを待ってもらってる」

社長も誰を責めるでもなく、淡々と仕事をこなすいつもの雰囲気に戻り、ニナに状況を伝えました。

「ありがとうございます、融通がきく新人の作家に至急連絡します。わたしのミスなので、ギャラが高くなる分は、わたしの給料から天引きに」

ニナも普段のクールさが戻ってきて、すぐに電話をかけようとした途端――ソファから立ち上がっていた恩田さんがその電話を切りました。

「……恩田さん！　いたんですか？　全然気づかなかった」

「ニナくん。どこの新人に連絡するつもり？　融通がきく作家が今、君の目の前にいるじゃないの？」

杏も、あ……！　と声を上げて言いました。

「恩田さん、そういえばさっき、曲ができ過ぎて余ってるって言ってましたね……」

「そうか……ものは違えど、このシーズンのＣＭテーマは、どれも同じ、か」

と、社長も、いいね！　という顔をして恩田さんを見ました。

「みんな、ちゃんとサイン、見てないんじゃない？　このネガティブな状況下での救世主のサインを！」

恩田さんはそう言うと、読んでいた杏の赤い革の文庫本をひらひらさせて胸を張って笑いました。

＊

屋上の夕焼け空の下では、東京タワーを見上げながら、杏がいつものように膝を抱えて、赤い革の本を手にうれしそうに座っていました。

その杏の視線の先には、ゆっくりと煙草を吸っているニナがいて、

「あーっ、今日は、ここで煙草なんて吸えない日だと思ってた！」

と、うんと伸びをして柵に寄りかかりました。

杏はにこにこしたまま、そんなニナに大きな声で話しかけました。

「先方の方たちも今日中にデモが上がったし、しかも八曲の中から好きな曲も選べて、仕上がりに大満足されてましたね！」

「その本と恩田さんには、一生頭上がんないなあ！　本のおかげで、彼女とお別れして吹っ切れた恩田さんに、こんなにストックができてたんだもんね」

「はい……！」

二人は声を出して笑いました。

ニナは、ポケット灰皿を出して煙草を消すと、杏の隣に腰を下ろして言いました。

「ほんとはわたしもね……そんな恩田さんと同じ状況だったの」

「え？」

「同棲してるパートナーが、自分に自信がない人でね……仕事を転々として不安げなとこも、借金が多かった父親にそっくりで……母がいつも父を責めてたように、彼が転職するたびに、気がつくとわたしも相手を責めてしまうんだよね」

「そうだったんですね……」

「でもそれって、ほんとうはわたしも同じなんだなって。〝あんな風に仕事のできない人間にはならない！〞ってがんばってきた理由は、そんな家庭で育って、わたし自身がずっと不安だったんだなって……父も母も彼もわたしも、全員同じ〝不安っていう本音〞を抱えてたんだなんだって」

「わかります……わたしも不安になると、いつも自分を責める癖があるから」

「わたしもそうだから、わかってたよ」

そうニナはいつものくすっとした微笑みで、優しく杏に言いました。

杏は、そんなニナに戻ったことがまたうれしくて、少し照れながら本を開いて言いました。

「さっき、ずっと恩田さんが読んでくれてた今日のレッスンでは、ちょうどネガティブな感情を見つめる方法が、書いてありました」

杏がニナに本のページを開いて手渡すと、

「おおお、どれどれ」

と、今度はニナが声に出して読み始めました。

『つまり、今日のワークのテーマは、こうです。

そのネガティブな感情が、ほんとうはあなただけのものではないとしたら？

そのネガティブな感情は、誰のもの？』

＊

その頃、ニナのマンションの部屋では、アラタは自分の着替えだけを取り出して、荷造りをしていました。

＊

夕焼けが夜空に変わり、屋上から見える東京タワーに灯りがパラパラと点きました。

ニナは、杏が先に帰った後も一人、東京タワーの灯りを頼りに、ずっと声に出しながら本を読み続けていました。

『一体、「どこからどこまでが《わたしのネガティブな感情》で、どこからどこまでが、《パパとママのネガティブな感情》だったのか？」


その区別がまだつかないから……あなたは恋をするのです。

それは、A型のご自分の血にB型のパパやママの血を大量輸血しているようなもの！

同じ赤色だから大丈夫！ と、A型のあなたの血液（感情）にまったく別のB型の血液（感情）が大量に混在したら、あっという間に倒れてしまう……それと同じことなのです。


「わたしのこの気持ちをわかってよ」

「俺はやりたいようにやるんだよ」

そう、お互いの感情を、相手の中に押し付けて混ぜようとする危険な行為。

つまり、恋とは、この混在したネガティブな感情を、見つめ直すためだけに惹かれあう――心の中に隠された、ネガティブな感情に気づくためのサインなのです。』

＊

先に帰った杏は、一人空いているバスに乗って揺られながら、窓から夜空を見上げていました。

＊

ニナは一人屋上で、杏が先に帰った後も、東京タワーの灯りを頼りに声に出しながら本を読み続けていました。

『同じ種類の怖れや否定を持った相手と出逢い、見つめ合う、ロマンティックな妄想の時間。

まるで、鏡に映り合う、同じネガティブな感情を丁寧に見つめ合い、涙と共に充分に味わい、夜が明けて、光が差した時――、

「その感情はわたしのものではないし、それを見つけるための恋は、もともと存在もしていなかった」

そう気づいた途端に、その恋は跡形もなく消えてしまうのです。

恋とは、その勘違いをゆるすためだけにする「お互いの影を見つめるための関係」です。

強く惹かれているのに、つながれない。
ゆえに、すれ違って、離れる時が来る……。

それはまるで、お互いのネガティブな感情を反面教師に、いずれ必ず旅立っていく――「お互いの自立」というお別れが約束された、恋人同士の別れというよりも、むしろ、健

全な親子関係にとても似ていませんか？』

＊

ニナのマンションで荷物をまとめ終わったアラタは、ニナと自分の写真と外した鍵を見つめて、

「……ありがと」

そう呟くと、荷物を抱えて静かに出て行きました。

＊

ニナは一人屋上で、東京タワーの灯りを頼りに声に出して本を読み続けていました。

『そう。それが、恋なのです。

ですから、人間の恋とは、厄介なものなのです。

恋とは、お互いのネガティブをゆるしあったら、あとは別れるためだけにあるからです。

それらは、もともと存在していなかった、お互いのご両親とのネガティブな感情のやりとりを見つめるための、恋人とでなく、ご両親との過去の幻想のストーリー……。

そのことをどこかでわかっているのに、心の目を閉じて。もうすでに夜が明けていたのを、見ないようにして……。

そんな、もともとなかった関係を、あるかのように思い込もうとしてきたのは、他の誰でもない――あなたご自身なのかもしれません。』

そこまで読み終わったニナは、目尻に滲む涙をそっとぬぐいました。

吹っ切るようにため息をついて本から顔を上げると、立ち入り禁止の柵の向こうで、社長が「おーい」と笑顔で手を振っていました。

「社長……」

社長の背中から、ひょいと恩田さんも顔を出し、赤ワインの瓶を高く掲げて叫びました。

「ニナくーん！　実は俺はもう、酔っているんだよお！」

そんな恩田さんを見たニナは、まるでお天気雨のように泣きながら笑い出しました。

＊

杏は、携帯の地図アプリを手に、白亜の二階建ての一軒家の前で立ち止まると、その壁に素敵なアイアンで切文字された『Fujiwara & Miura』の表札を見つけました。

「ここだわ……」

杏はドキドキしながら、ゆっくりとインターフォンを押しました。

＊

東京タワーの灯りに照らされながら、ニナと社長と恩田さんは、ワインを開け始めました。

社長が自ら、オープナーでコルクを抜きながら、ニナに言いました。

「ニナは、今夜もまた帰らないの？」

「……別れ話で煮詰まってる彼が、荷物をまとめて出て行きやすいように……今夜はわざと遅くに帰ります」

「くぅー！　仕事もプライベートもでき過ぎな女だねえ！」

と、すでにでき上がっている恩田さんが唸りました。

「仕事はできても、どこか幸せじゃなかったのは……いつまでも両親を批判してがんばろうとする、反抗期の子供みたいなわたしがいたからなんだな、って……。わたしより幼いと思ってた杏ちゃんが読んでた本に、教わりました」

と、肩をすくめて、ニナは赤い革の文庫本を差し出しました。

社長はグラスを一つニナに手渡し、ワインを注ぎながら言いました。

「いいことに気づけたじゃない？　人は、自分で自分を見ているように、他人を見るからね。アドバイスしたことは、すべて自分へのフィードバックなのさ」

「なるほどね……相手を幼いと見ているわたしが、幼いってことか——なんか、全部が腑に落ちると、スッキリしますね」

と、ニナはくすっと笑いました。

社長は続けました。

「人生がすべてフィードバックだとしたら、自分を傷つけられるのは自分自身だけってことになる。だから俺はどんなことが起きても、自分も人も傷つけるような否定はしない」

社長の話をじっと聞き入っていたニナは、ぽつりと言いました。

「そうか……わたし、これ以上傷つかなくて、いいってことか……」

「そういうこと」

と、社長は優しく微笑みました。

「ちょっとちょっと安藤くん！　またかっこいいとこ一人で持ってくんだから！」

そう絡み出す恩田さんに、ニナは言いました。

「恋の目的はね、親から自立してない感情を見つけるためだけだって、書いてありましたよ？」

「アイタタタ……俺に当てはまり過ぎて、心が痛い！」

「ふふふ。でも恩田さん。今日はほんとに助かりました。ありがとうございました」

ニナは改めて、恩田さんに丁寧に頭を下げました。

恩田さんは照れ隠しに、

「お、おう！　ニナくん、今夜は俺たちのテーマ、旅立ちの曲が流れる時だぞ。新しい俺たちのスタートに乾杯だ」

と、グラスを東京タワーに掲げると、乾杯！　と三人はグラスをカチンと鳴らしました。


ニナは、彼が出て行く日であろう辛いはずの夜に、こんなにあたたかな時間を過ごせていることがうれしくて、また溢れる涙をぬぐいました。

ニナのそんな涙を見て、涙が苦手な恩田さんは慌てて励ましました。

「あ、じゃ、じゃあこうしようニナくん！　ニナくんと俺は、恋人と別れた者同士。同じサインってことだよね？」

「まあ、確かにそうですけど……」

涙をぬぐいながら、ニナが答えました。

「この本で言うところの、同じサインが今、ひとつに重なる時が、愛なんだよね？」

そう、恩田さんがワインの横にあった赤い革の本を手に取りながら真顔で言うのを、社長はからかうように言いました。

「二つがひとつになっちゃう時は、そりゃあ愛なんじゃない？」

「ね？　だよね？　じゃあニナくんさ、このまま俺と、今日から付き合っちゃう？」

「それだけは絶対に嫌です」

ニナの即答に、三人は声を上げて笑いました。

＊

大きな絵画やモダンアートが美しく並べられている、まるでアトリエのようなリビングで、杏は、ムツキと純と暁と向かい合うソファに腰かけて話をしていました。

「そのニナ先輩って人は、きっと僕と同じエンパシーなのに、それにまだ自分では気づいていないんじゃないかなあ」

と言うムツキに、杏はまた、あの本に書いてあった言葉が現実で現れたことにびっくりしていました。

「エンパシー……って、具体的には、どんなことができる人のことを言うの？」

と、杏は興味深く聞き返しました。

「うん。相手の感情を、まるで自分の感情のように経験してしまう、共感力が高い人たちのことなんだけど。自覚がないと、ネガティブな感情もどんどん取り入れてしまうから、それを全部、自分の想いだと勘違いしちゃうんだ」

杏は、またもや本の中のレッスンと同じ話題が展開されていく現実に、驚いていました。

「僕はそれに気づいた時、どんな感情も普通の人よりたくさん共感できるなら、もっと幸せな気持ちを感じ取って、一緒に分かち合いたいって思ったの」

それを聞いた途端、杏の頭の中で、初めてムツキと出逢った時のあの台詞が再び響きました。

「だって、自分の一番好きなものを大好きな相手と分けあったら、自分もみんなも、もっと幸せが大きく広がるんだよ？　幸せって、単純だよ」

《わたしの本音》と重なったムツキの素敵な一言は、こんな気持ちから湧き出たものなんだ……と、改めて杏は考え深い気持ちになりました。

純が語り始めました。

「ムツキも、小さい頃は大変だったの。愛情が深い子だから、一緒にいる人たちのありとあらゆる感情とひとつになろうとして、感じ取ってしまう。友達、先生、わたしたち、その時々に相手と深く鏡合わせをしてしまうから、くるくると性格も変わってしまうの。言っていることがあちこちで違う移り気でわがままな子だと判断されて、いつも叱られたり、いじめられて帰ってきて」

暁も頷いて言いました。

「でも、わたしたちと一緒にいるムツキは、一度も怒鳴ったりしたことがないし、人や動物や植物にもほんとうにただただ愛情深くて優しい子で。約束だって守るし、いつも笑って何も問題なんて起こさない。穏やかで幸せな子なの。その時初めて、わたしたちは気がついた――これは、ムツキが問題なんじゃなく、ムツキを問題児だと決めつけている、周りの人たちの見方の問題なんだって」

「あ、そっか……ムツキは、周りの人の感情を自分に取り入れてしまうから、それはすべてムツキの感情じゃなくて、周りの人たちの感情なんだ……」

と、杏も思わず身を乗り出して呟きました。

「その通り！」

純が指を鳴らすと、暁が続けました。

「人から誤解され続けるムツキを見ていて気づいたの。女性しか好きになれないわたしたちは、長い間、社会不適合だと、心の中で自分を罰し続けてきてた……。その隠れたわたしたち母親の罪悪感を、もしかしたらエンパシーのムツキは感じ取ってしまったのかもしれない！　その時に、これはムツキの問題じゃない、すべては、ムツキを囲んでいるわたしたち親や周りの問題だと、気がついたの」

純も、そんな暁に頷きながら言いました。

「同時に、その逆とも言えるような、そのことに気づかせてくれるために、この子はわたしたちの隠している心を生きているのかもしれないと感じて――わたしたちはやっと、自分から自分を世間から差別して、ズタズタに傷つけてきた自分へのジャッジを、終わりにする決意ができた……。世界でたった二人だけでもいいから、それをやろう。わたしたちだけでもいいから、それをしようって」

と、純は本棚の本を指差して続けました。

「レズビアン、ゲイ、バイセクシャル、Xジェンダーや Queer《クィア》……エンパシーという直観能力者に対しても、色々な呼び名や区別がある。わたしたちもたくさんの本を読み、活動にも出かけてみた。でも、分けることや呼び名の違いに、いつもどこか痛みが伴ったわ。海外のアーティストやデザイナーは、自由に多様なジェンダーを認めあって生きていて、経済的にも豊かで社会貢献もできている。そっちの姿に励まされたの」

暁が隣に座るムツキの頭を、またくしゃくしゃと撫でながら言いました。

「わたしたちにとって大事なのは、デモをすることでも呼び名にこだわることでもなかった。ただ、自由に愛し合いたかった。アートも人も同じ。出逢って好きだと感じた存在を、ただ大切に自由に愛したい。ムツキと暮らし始めて、そのシンプルなことに気がつけた。もちろん、様々な考え方や活動をわたしたちは心から認めていて、同時に自分たちの自由な生き方も認めてる。それは、三人でお互いを愛する時間を大切に多く取って、LGBTQと分けることや、結婚制度を社会や法律に認めてもらうための戦う時間に費やすことをしなかった、というだけのことなのよ」

そんな二人の愛情深い視線と話に包まれながら、ムツキは、杏に笑顔で言いました。

「僕たちは、人から変わって見えたとしても、あまり気にしないんだ。今、愛に囲まれて、お母さんたちは大好きな仕事をして、僕はその手伝いや大学に行く。今、できることを精一杯して、そして大切な人たちと一緒に、自由に暮らす幸せに感謝をするの」

暁はムツキの髪を撫でたまま、杏に言いました。

「わたしたちはわたしたちのままで、人や作品を愛して、幸せでいる。そんな自分たちを、人からゆるしてもらう必要はない。自分で自分を罰するのをやめて、自由に生きることを自分にゆるしたら……ムツキもわたしたちも、誰からも咎められることがピタリとなくなったわ」

そして純も、ずっと聞き入っていた杏の目を真っすぐに見て言いました。

「自分で自分をゆるした時に、わたしたちは、同時に世界からゆるされたの」

＊

真夜中、ニナはベッドで一人、杏から借りたままの赤い革の文庫本の続きを読んでいました。

ベッドサイドのニナとアラタの二人の写真の前には、置いていった鍵がありました。

『愛は——弱いところへ、寂しいところへ、苦しいところへと、流れていきます。

それが、愛というものの自然な美しさなのです。

ご両親が苦しそうに抱えていたネガティブな感情を見ていた、生まれたてのまだ幼かったあなたの純粋な愛は、その欠乏感に溢れて見えたご両親の心を満たそうと、自然とひとつに重なろうとするものなのです。

今、もしあなたの恋が終わって、たとえ一度別れた相手だとしても、投影が終わり、あなたが愛から相手を受け入れられるようになった時には——もう一度、必ず二人は出逢えます。

いつまた出逢えるのか？

それはまた、サインが必ず、前ぶれのお手紙を届けてくれることでしょう。

その愛の再会を、あなたが「今」、ご自分にゆるしてください。

その再会の主導権を、完璧な愛である宇宙の采配へと預けてみてください。

わたしは愛だった、そう、ご自分でご自分をゆるすこと——このことが、あなたがいずれ心からわかったら、人生の創造は、さらに大きく速く、これほど楽になることはないでしょう。

ですから今日も心から安心して。
ゆっくりと愛の中で、おやすみください。』

＊

家に帰って来た杏はもう一度、リビングでお父さんの手紙のメモを眺めていました。

『P．S．杏、この人生は一度きり。思い切り好きなことを仕事にし、シンプルに愛する人と暮らしていくといい。僕は、そうした』

杏はそのメモに微笑んで、

「……今日、お父さんの代わりにね、お父さんと同じことを言ってくれて、それをそのまま生きている人たちが現実に現れたんだよ。見た目は、もっとカッコイイ女の人たちだけど」

と、幸せな気持ちで笑いました。

窓からは、満ちかけた月が静かに輝いていました。

4

wishes to grapefruit moon — chapter 4

Money of double love

chapter 4

Money of double love

「それにしたって、せっかくの土曜休みに……恋が終わったばっかりの二人に結婚式の受付させるって、どんだけデリカシーないんですか」

老舗ホテルの結婚式場で正装した事務所の『*Le paradis*』の全員——社長とニナと杏、そして恩田さんが「三枝家・紺野家」と書かれた受付の準備をしている中、ニナがテキパキと筆ペンやら名簿やらを用意しながら、そう小言を言いました。

「まあまあまあ、俺と恩田ちゃんの大先輩の結婚式なんだから。引き受けないわけにいかないだろ？　業界は狭いんだから、つながりを大切にしないと。受付は笑顔で。ね？」

と、社長はニナにスマイルを促しました。

「確かに三枝会長にはいつも仕事でお世話にはなってますけど」

と、ニナ。

「三枝会長……ってことは、新郎の方って、あのサエグサ・ミュージックの会長さんなんですか？」

杏は、初めて聞いた新郎の素性に目を丸くしました。

「そ。俺たちにとっちゃ、今日は同窓会みたいなもんよ。最初はみんな同じステージにいたのに、一代で日本一の音楽会社にした、俺たちの自慢の先輩。財閥の紺野家の娘さんと結婚とかさ？　何から何まで、天才的に運がいいの！」

恩田さんはまるで、お兄ちゃんを自慢する弟みたいな口ぶりで言いました。

「俺たちの二歳上の先輩で、音楽界の若きホープ。あの人がいて、今の俺がある」

と、社長もスーツの襟を正しながら頷きます。

「はいはいはい。みんな大好き三枝先輩。受付でも何でもやりますよ」

ニナは男たちの友情にため息をつきながら、自分のバックから、そっと借りていた赤い革の文庫本を杏に手渡しました。

「……杏ちゃん、これ。ずっと貸してくれて、ありがとね。わたしに必要な箇所のところまで読めたよ。続きはまたサインが起こった時に。みんなで一緒に読んだ方がいいのかなって」

「はい……！　そうしたいです」

杏はうれしそうにそう言うと、本をバックにしまった途端、自分のスーツのポケットに入れたままだった封筒に気づきました。

「——あ。そういえばさっき、式場の方が〝受付のみなさんに、新郎様から謝礼です〟って、これを」

と、杏は「謝礼」と書かれた封筒を社長に差し出すと、裏に書かれた金額の、０の多さを数えて驚きました。

「一、十……ひゃ、百万円って、書いてあります！」

「えっ？　どういうこと、杏？」

社長が杏に問いただすやいなや、恩田さんも謝礼の０を目で数え、

「おおおお、さ、さすがだよ、三枝先輩！　昔っから気前がいい！　みんなで山分けしよう！」と、大よろこびではしゃぎだしました。

「ま、一時間二十五万円のバイトなら、受付業務も仕方ないですね」

ニナも途端に素直に相づちを打ちました。

「現金なやつだな、ニナも」

そう社長が苦笑すると、ご機嫌な恩田さんもすかさずニナに言いました。

「そうだよニナくん。ご両親から自立するためだった過去の恋は、忘れて。いいじゃない、敗れた恋の後に受付したら、こんなにお金もらえたし！　何ならことのついでに、結婚したいなら俺としよう」

「ことのついでって何ですか！」

杏は三人のやりとりに吹き出しながらも、初めて現金でもらった百万円の厚い封筒をうやうやしく両手で持ったまま、じっと見つめていました。

＊

三枝とはまだ面識がない杏には招待状がないので、結婚式場の一階のホテルのカフェでお茶を飲みながら、赤い革の本を読んでいました。

「もらったお金で、終わったら四人で一緒に飲みに行こう！　近くで待ってて」

そう社長に言われたので、素直に待っていたのでした。

『また、本を開いてくださって、ありがとう。

今日は、これまでのレッスンの「見方のポイント」をもう一度、復習してみましょう。

・サインは、形ある現実を使って、《わたしの本音》だけを具現化する。

だからこそ、《わたしの本音》を丁寧に見つめる必要がある。

・《わたしの本音》には、自分が大切だと思っているご家族や相手、《自分とは別人の本音》が取り込まれている。

・《わたしの感情》にも、自分が大切だと思っているご家族や相手、《自分とは別人の感情》が取り込まれている。

なぜなら、《本質は、愛であるわたしたち》は、目の前の苦しみを助ける方へと流れていく性質があるから。

・《わたしの本音》を生きるために、一度取り込んでしまった《自分とは別人の考えや感情》は元の相手へお返しする、と心で意図する。

・自分で自分を認める、「心の自立」をすることで《わたしの本音》に近づく。

こうやって、丁寧に、一つずつ確かめて、《勘違いをしていた、わたしの本音や願いや感情》から解放されたあなたは、日に日にサインに気がつく数が増え、取りまく環境の変化――特に、人間関係やお金の変化が、始まっているのではないでしょうか?

パパやママの理想や感情の傘の下から自立すればするほど、真の愛である本質、《わたしの本音》に比例して、愛のお金と人間関係の豊かさが、必ず現実のサインとして映され、現れるからです。

《宇宙の法則》《神の愛》と呼ばれる、《光の波》に満ちたこの現実は、なんとシンプルな仕掛けの、鏡の国なのでしょう……!』

杏は驚きました。

先ほど、ほんとうに突然の百万円のお金の豊かさを手に取って受け取ったところでしたし、ムツキと彼の家族とも出逢えて、人間関係の豊かさも受け取ることができた……。

この本の言う通り、杏の現実は、以前には想像もつかなかった豊かな環境に変化していることに、改めて気づいたからです。

「人生って、ほんとうに〝わたしの見方〟を変えるだけなんだ……」

杏は心を改めるように大きく深呼吸をすると、本の続きをまたわくわくしながら読み始めました。

＊

百人はいると思われる盛大な結婚式では、アーティストたちの豪華な演奏の余興が終わったところで、会場は大きな拍手で盛り上がっていました。

新郎の三枝は大企業での苦労が刻まれているのか、二歳だけ後輩の安藤社長よりも十歳以上は歳をとって見える、深い皺のある笑みで笑っていました。

隣には、年の頃は杏と同じ歳くらいのモデルのように美しい新婦が、凛としたお嬢様然として座っています。


司会者が大きな声で言いました。

「さあ、それではここで、新郎がみなさまへのお礼といたしまして、ジャンケンで勝ち抜いた方お一人様に、その場で百万円をお渡しするゲームをご用意しております。ご参加されたい方は、どうぞ前の方へ！」

会場が、どっと沸きました。

「会長！」

「なんでジャンケンで百万なんですか！」

笑いに包まれたヤジが飛びます。

すると、三枝が自らマイクを取って、

「ジャンケンが一番公平で、楽しいでしょ？」

と、笑顔でヤジに答えました。

「ジャンケンゲーム最高！」

そう誰かが叫ぶと、会場は拍手に包まれ、参加希望者がワイワイと立ち上がりました。

恩田さんも口笛を鳴らして、

「ほんと、先輩はああいう気持ちいいとこ、全然変わんないよなあ、俺、参加！」

と、勢いよく立ち上がりました。

ニナも立ち上がると、社長に、

「わたしも参加していいんですよね？　さらに百万円、がんばろっ！　社長はどうします？」

「――もちろん。俺は今日、このためにここに来たみたいなものだからな」

「このため？」

そう聞き返した時には、すでに勇んで前へ出て行ってしまった社長を、ニナは慌てて追いかけていきました。

＊

杏はホテルのカフェで一人、本の続きを読んでいました。

『今日のレッスンでは、豊かなお金を受け取るサインを見つめる。
そんなレッスンをしてみます。

では早速、より豊かさを受け取るための、お金のクイズをお出ししましょう。

今、あなたの目の前に、百万円の現金があったとします。

あなたは今、すべての生活費が潤っていて、贅沢な暮らしをしていると仮定します。
すると、この百万円は、純粋に何に使ってもいい余分なお金だと想定してください』

「百万円……！　さっき、ほんとにわたしの手の中に届いたわ……」

と、杏はまたこの本と現実が重なっていく偶然の一致（シンクロニシティ）に、ぞくぞくしてきました。

『さあ、今からこの百万円の、最高に豊かな使い方について、ご一緒に考えてみましょう。

今、余っている百万円を手にしているあなたの隣には、心臓の手術が必要な少女がいたとします。

あなたはこの百万円を、今、一体どのように使いますか？』

杏は、心の中できっぱりと答えました。

「もちろん、今すぐ女の子に、全額寄付をします」

『優しいお気持ちのあなたはきっと、すぐさま少女の手術費用に、全額寄付することを考えてくださったに違いありません。

けれども残念ながら……それではまだ実は、完璧な愛のお金の使い方とは言えないのです。』

「え？　全額寄付が、完璧じゃない……？　全額を寄付すること以外に、完璧なお金の使い方があるの？」

杏は、ますますのめり込んで、本を読み続けました。

＊

「それでは、決勝戦です！」

司会者の声が響く中、なんと最後の二人に残ったのは、社長と二十代の若い男性でした。

歓声の中で、ニナが恩田さんに大きな声で耳打ちします。

「なんか社長、今日は珍しく朝からノッてましたけど……すごいですね⁉」

「うん、俺もさっき〝安藤くん、こんなジャンケン強かった？〟ってつい聞いてしまったら、〝今日は、相手が何を出すか全部わかる日なんだ〟って」

「え？　そ、それ、どういうことですか？」

するとその時、さらに大歓声が上がって、勝者は社長に決まったようでした。

拍手喝采の中、司会者が百万円の封筒を持って社長に駆け寄りました。

「おめでとうございます！　さ、さ、どうぞどうぞ。この百万円、早速、何にお使いになりますか？」

社長は、手渡された百万円の封筒に、自分の内ポケットから受付でもらった百万円の封筒を出して重ねると、差し出されたマイクに言いました。

「今日は、お祝いの席ですから、先ほど会長からいただいた受付の僕たちへの謝礼と一緒に、この二百万円を奥様に全部、お返しします」

そう言って、社長は、式の間中、どこか置いてけぼりの美しいお人形のように笑わないお嬢様の新婦に手渡すと、

「俺たちの大切な先輩を、どうぞよろしくお願いします」

と、優しく微笑みました。

最高潮の大歓声の中で微笑む社長を、美しい少女のような新婦は真っすぐに見つめ返して、

「……ええ。もちろんです」

と、初めて少しだけ笑顔を見せると、両手で封筒をそっと受け取りました。

自分たちの謝礼も社長に返されてしまったニナと恩田さんは唖然としたまま、同時に「信じられない……」と額を押さえました。

新婦の隣にいた三枝は、そんな社長をじっと見つめると、深々と社長に頭を下げました。

＊

「何もそんなに怒んなくたっていいじゃない？　今日はお祝いなんだから！」

と、事務所のソファに座っている杏とニナと恩田さんにワインやらチーズやらコンビニの買い出しを広げながら、上機嫌の社長が言いました。

「だって、わたしたちの百万円まで、無断で乗っけることないじゃないですか！」

そう息巻くニナの隣で、恩田さんも、

「まあ、あの百万円があったら、今夜はコンビニのワインは飲んでないわな」

と、ワインをぐいっとあけました。

三人のやりとりを聞きながら、杏はずっと考え込んで呟きました。

「あの……」

「ほらあ、勝手に謝礼を使われて、杏ちゃんもうつむいて泣きそうじゃないですか」

「あ、い、いえ、そうじゃなくて――社長はどうして〝今日は、相手が何を出すか全部わかった〟のかなって……それって、直観とか、共感力っていう力……なんですか？」

社長も、空を見ながら考え込んで言いました。

「うーん、どうなのかなあ。なんかふと〝来る〟時があるんだよね。あ、これは俺が勝つんだな、今、もう勝った自分を知っているな、って。今朝もそう。時々、仕事のチャンスでも、先のことを〝今、確信する〟感覚があるんだよ」

「この本の最初のレッスンにも、サインは〝今だけに現れる〟って書いてありました」

と、杏はまた赤い革の文庫本をバックから取り出して言いました。

「おおおお。じゃあ、勝つっていうサインが〝今〟の今日、安藤ちゃんに現れたってこと？」

興味津々の恩田さんに、ニナがすかさず横槍を入れます。

「なら反対に、今日は勝てないな、って日だったら、社長はどうしてたんですか？」

「そうねえ。勝たない気がしてたら、最初からゲームに参加もしないかな。〝今〟俺が勝つことがわかったから、やる。そして、ここが肝心で、先に勝つことがわかってて、俺が一人で賞金をもらったら、ずるいだろ？　勝つことをすでに知っててやってるんだから。

だから最初から、俺が勝って、お祝いとして渡そうって決めて参加した。それだったら、結果がわかってた俺だけじゃなく、全員が公平で、楽しいゲームになるでしょ？」

「なるほど……」

と、杏は感心しながらもまたじっと考え込みました。

「じゃあ、どうしてわたしたちの百万円まで上乗せする必要があったんですか？」

まだ絡むニナに、社長は笑って、

「そこ、なんだよなあ。先輩から俺たちへの受付の謝礼に、今度は俺たち四人からの感謝のお金を、さらに上乗せする。そこに、ものすごい価値があるのがわからない？」

「全然わかりません」

と、ニナは力強く首を横に振りました。

杏はまだじっと考えながらも、本を開きながら言いました。

「社長、そこのところ、もっと教えてください。わたし、今日も待ってる間にこの本を読んでいたら、〝今、お金を豊かにするためのクイズ〟の意味が全然わからなくて……たぶん、このクイズは、さっき社長が言ったことと、同じことのような気がするんです」

「なるほど。どんなクイズだったの？」

と、社長が尋ねます。

「いいねいいね、みんなで考えようぜ」

と、恩田さん。

「わたしもお金が豊かになる方法、知りたい！」

そうすかさず手を上げるニナに、杏はうれしく頷くと、

「はい！　あ——今朝、ニナ先輩がこの本を返してくれた時……〝続きはまたサインが起こった時、みんなで一緒に読んだ方がいい〞って言ってた通りになってます……」

「ふふふ。確かに言ったね、わたし」

と、ニナも笑いました。

「おお。来てるねサイン、読も読も！」

と、恩田さんもうれしそうに催促しました。

杏もうれしそうに本のページを声に出して読みながら、説明し始めました。

「では、今、みなさんの目の前に、百万円の現金があったとします。みなさんはとても

贅沢な暮らしをしているので、これは純粋に余っている百万円だとします。そして、余っている百万円を手にしているみなさんの隣には、今、心臓手術が必要な少女がいます。あなたは、この百万円をどのように使いますか？」

「なんだか、まんま、今日の百万円のこと言われてるみたいだなあ！　小さな命は大切だよ、それは手術のために全額寄付でしょ？」

と、恩田さんは即座に答えました。

「わたしも。生活費に困ってないなら、全額寄付」

と、ニナも即答しました。

杏は続けました。

「残念ながら……それでは実は、完璧な愛のお金の使い方とは言えないのだそうです」

「え？　なんでなんで？」

恩田さんとニナが、そろって身を乗り出しました。

するると、

「――俺、わかる。その答え」

と、社長がポツリと言いました。

「出たよ、先に何でも視えちゃう社長」

茶々を入れる恩田さんの背後に、社長はすっと立ち上がると、スケジュールが書かれている黒板のチョークを取りました。

そして、黒板にさらさらっと百万円の札束を持った一人の人〈わたし〉を描いて、その隣に、ベッドで横になっている女の子のイラストを描きながら、説明を始めました。

「この病気の女の子に、〈わたし〉が百万円全額寄付をすると――たった一人だけしか、女の子に寄付ができない。でも、まず〈わたし〉が銀行に行って、百万円を全部百円玉に両替する。そして、〈わたし〉が、一万人の人たちに百円を全部配って――この一万人全員に、女の子に百円玉を寄付してもらうと――」

と、社長はチョークの色をさらに黄色に替えて、〈わたし〉と周りの人たち全員が、女の子に寄付をする光のラインをどんどん描き込みました。

「同じ百万円の寄付でも、たった一人の〈わたし〉が、女の子を想って寄付をするのと、一万人の人たちが一斉に女の子の回復を想って寄付をするのは、この黄色いラインの量が圧倒的に違う」

確かに、一人の〈わたし〉からのたった一本の黄色いラインが一万人ともなると、黒板が真っ黄色になるほどのラインになって、違いが一目瞭然です。

「ほんとうです、同じ百万円なのに、全然違う百万円になってる……絵に描いてもらうと、一目でわかります……！」

杏は、感動して黒板を見つめました。

社長は続けました。

「この黄色いラインが、女の子の幸せを祈る愛の気持ちだったら、どうだろう？　一万人の人が愛情を持って寄付をしてくれたら、口コミやSNSから、必ずそれ以上のムーブメントが起こっていく。そうなった時に初めて、たった一人の〈わたし〉が百万円を寄付した時より、お金はもっと豊かな価値を持つ——だから答えは、〈わたし〉がまず百万円をたくさんの人と分けあってから、女の子に寄付をすること。どうかな？」

「はい！　すごいです……社長の答えが正解です！」

社長のパーフェクトな答えに、三人は感動して拍手をしました。

「安藤くん！　君は素晴らしい！」

恩田さんも拍手が止まりません。

「なるほど……同じお金でも、その使い方の〝見方〟の転換、なんだ……」

と、ニナも考え深く頷きました。

「音楽を仕事にしてる俺たちは、音楽配信サービスが登場した時を思い出すと簡単にイメージできるかもしれない。ＣＤに変わって、一曲たった数百円でダウンロードできる楽曲。これが爆発的に売れて、業界を一気に変えてしまった」

社長の話に、ニナも続けました。

「きっと一曲の単価や価値観、売り方も、これからもっと変わっていくんでしょうね」

「たくさんの人たちが音楽を楽しむよろこびは何も変わらないまま、どう提供していくのか？　その見方を変えて、ムーブメントを起こしていくのと同じで、百万円をどう豊かに寄付をしていくのか？　ってことなんだな」

と、恩田さんも深く頷きました。

社長は手の黄色いチョークの粉を払いながら、自分が描いたイラストを見つめて続けました。

「一点ものの絵画や美術品は、一度、富裕層や企業が買ったり借りたりして、大勢の人に無料や安い値段でその素晴らしさを分配するように共有する。一部の人が持ち過ぎたお金は、そうやって何らかの形で必ずたくさんの人のよろこびへ、平等に還元していくもの――俺は、お金にはいつも、そんなイメージがあるんだよ」

ニナは、社長の描いた黒板絵を見つめながら、言いました。

「やっとわかりました……式に参加したみんなのよろこびに還すために、社長一人より、少しでも多く、わたしたち四人からお祝いの気持ちを渡すことに、三枝会長への日頃の感謝の想いを届けるラインが増える――しかも、一番退屈そうにしてたお人形さんみたいな新婦に返したってのが、この絵の〝今、手術が必要な女の子に渡す〟みたいにも思えるから――また憎いですね」

「俺はどこかで、人生はいつだって幸せに満ちていると見つめていたい。人もお金も音楽も全部、そのために存在してると思ってる。なのに、一人でも幸せじゃなさそうにしていたら、そこに俺は違和感を感じてしまう。だからこそ、そんな時はお金や音楽や人の想いっていう道具を使って、さらに幸せが増えるのを見つめてみたいんだよね。そういうことが〝愛〟なんだと俺は見ていたい――って、俺だけの思い込みかもしれないんだけど」

そうおどけて肩をすくめた社長は、杏が初めて面接で出逢った時に感じた南フランスの飴のような透き通った目で、にっこりと笑いました。

＊

家に帰った杏は一人、またお父さんの書斎のベッドに潜り込んで、本の続きを読んでいました。

胸の奥では、社長に教わった〝お金と愛〟についてのお話に、まだ感動がいっぱいのまま……。

『いかがでしたか？

お金を、たくさんの人に分けて使ってみる〝見方〟のクイズ。

お金も《光の波》に満ちたこの現実の一部であり、《お金に込められた想い》も《宇宙の法則》と呼ばれる《神の愛》の一部である、と考える見方……。

これは、わたしも目の前のどんな人も愛であり、お金も愛である——すべてが愛であったとイメージするのに、ぴったりな見方ではないでしょうか？

お金の不足を見ている人や、人間関係の不足を見ている人は、ご自分がすでに、満たされている愛だ、ということを思い出せなくて……愛の不足という勘違いを、お金や人間関係に貼り付けて見ていただけなのです。

ですからどうか、その勘違いを終わりにして。
あなたの中にすでにある愛から、改めてお金を見てみてください。

前回のレッスンを、今日、もう一度思い出してみてください。

苦しいところへ、優しく自然に流れていく愛は、果てしなく大きい。
そうです。
愛から与えるものは、必ず拡大するのです。』

杏はここまで読むと、社長が教えてくれたお金への〝見方〟が、やっぱりまたこの本とまったく同じことに、言葉にできない感動に満たされていきました。

「すべてが愛なら……わたしも、人も、お金も、愛なんだ……」

＊

東京タワーに灯りが点り始めると、そのすぐそばの『*Le paradis*』の入った雑居ビルの前には似つかわしくないほどの、運転手が乗ったままの黒塗りの高級車が一台止まっていました。

＊

みんなが帰った後の事務所の屋上では、まだ結婚式のタキシード姿のままの三枝と社長が、東京タワーを見上げながら話をしていました。

「先輩、結婚式が終わったばっかりで、こんなとこに寄り道しててていいんですか？」

「すぐに戻るさ。今日はほんとうにありがとう。お前の気持ちがうれしかったよ」

「俺が先輩にしてもらってることには、全然追いつきません」

「俺こそ、とんでもない。今日、一番うれしかったのは、これを俺にじゃなく、妻に手渡してくれたことだったから——あの瞬間から、彼女の雰囲気が、ふっとやわらいだ……彼女は普段から箱入りで、慣れない面子ばかりの式だったからね」

そう言うと、三枝はスーツの内ポケットから厚い封筒を二つ出して、社長にもう一度手渡しました。

「〝ちゃんと安藤さんに、今すぐ戻してくるように〟って妻に言われたよ」

社長はその厚い封筒を受け取ると——ぽつりと言いました。

「先輩……なぜかはわからないですけど、どうしても俺にはこのお金は受け取れません」

三枝はまた返された二つの封筒を受け取ると、苦笑いをして柵に寄りかかり東京タワーを見上げました。

「……まったく。お前はいつも何でもお見通しだから嫌んなるなあ——その金は、麻美が俺の家から出て行く時……受け取って欲しいと渡したら、もらってくれなかった二百万だ」

「え……」

＊

その頃、古い町屋風の一軒家の居間で、金縁の細い丸フレームの老眼鏡をかけた美しい五十代の女性が『TOM WAITS』と書かれたジャケットからレコードを出して、針を落としました。

車の喧騒音から始まるあたたかな旋律の『The Heart of Saturday Night～土曜の夜～』が流れる中、女性は引っ越したばかりの様子の荷物を整理し始めました。

部屋にはまだ紐でくくられたままの山積みの本――宇宙物理に関するものや、カミュやヴァージニア・ウルフ、各国のお茶や料理の本などが並び、整理中の郵便物の宛名にはどれも、『夏川麻美 様』と書かれていました。

ふと、郵便物の間に挟まれていた一枚の写真がはらりと落ちて――そこには、若かりし三枝と安藤に挟まれて笑っている麻美が写っていました。
麻美はその写真を拾うと、懐かしく愛しそうに目を細めじっと見つめていました。

＊

まだ屋上にいた三枝と社長は、お互いに東京タワーを並んで見上げたまま、静かに話をしていました。

「俺が、今の妻を紹介された頃……麻美は俺と一緒に住んでた家を引っ越して〝夢だった料理の店をすることにした〟って出て行って……せめて、開店祝いと引っ越し代だけでも払いたいって言ったら〝婚約も結婚も別にしてないんだから、慰謝料みたいなお金はいらない〟って……。出て行った日に、そのままこの金がテーブルに置いてあった。俺だって、一度、気持ちから出した金は自分に戻せない。だからせめて、みんなのお礼に使わせてもらいたかったのに……それが全部妻に返ってきて、それもまた戻されて。俺のこの気持ちはどうしたらいいんだ？」

二つの封筒を手にしたまま、子供のように真剣に困っている三枝を、社長は微笑んで見つめて言いました。

「麻美さんはずっと、先輩のそういう正直なところが愛しかったんだ……だからそれで、もう充分なんですよ」

「まったく、いつもお前たちには敵わないよ……よかったら、事務所のみんなで、このお金で麻美の店に通ってやってくれよ」

「麻美さんのお店には、俺の気持ちで行きたいから――それは先輩から、がんばって渡してください」

そう言うと、社長はまた、清々しい笑顔で東京タワーを見上げました。

ため息をついた三枝も、諦めたように笑いながら封筒を内ポケットにしまうと、社長の横顔を真っすぐに見て、言いました。

「お前がいてくれたから、安心して結婚できたよ」

「……」

「また来るよ。今度はゆっくり一緒に飲もう」

「もちろんです」

と、社長も三枝の目を真っすぐに見つめて言いました。

＊

町屋風の一軒家のカウンターキッチンで、麻美が「……送信」と独り言を言いながら、携帯からメールを送信しました。

そして、一人『The Heart of Saturday Night ～土曜の夜～』の鼻歌を歌いながら、麻美は料理の続きを始めました。

＊

屋上にいた三枝は、社長に背を向け軽く手を上げ立ち去ろうとした途端、着信で光る携帯をポケットから開きながら、歩き出しました。

携帯の『麻美』と書かれたメールには、窓の夜空に東京タワーの先端が小さく映っている前で、おどけてピースをしている麻美の自撮りの写真と、

『今日から自宅がお店だから、結婚したけいちゃんには、場所は教えないからね。おめでとう』

の文字がありました。

三枝は、そのメールに微笑むと、振り返って社長に叫びました。

「安藤！　麻美、この事務所のそばに引っ越したみたいなんだ……！」

「……！」

「きっとそのうち、彼女から連絡が行くよ！」

そう言うと三枝は、少年のように大きく社長に手を振りました。

＊

『*Le paradis*』に朝一番に出勤していた杏は、黒板の今日の『月曜日』の欄に一週間のスケジュールを書こうとしていました。

けれども社長が描いたままの黒板絵に占領されて、消してしまうのも惜しくてうまく書けずに一人苦戦していました。

その時、「おはよう」と出勤してすぐに自分のデスクで仕事を始めるニナに、杏が言いました。

「おはようございます。あ、あの……この絵を消すのがもったいなくて……今日からの月曜日のスケジュールが、うまく書けないんですけど……」

「え？　ああ！　いいよいいよ。前からいちいち黒板にスケジュール書くのもナンセンスだったし。パソコンのスプレッドシートの共有だけで事足りるし。せっかくだから、そのままにしておこう」

杏はニナの一言が何だかうれしくて、

「はい！」

と、はりきって次の仕事に取りかかると、ちょうど社長も「おはよう」と出勤してきました。

「おはようございます」

杏が言うやいなや、デスクでパソコンに向かっていたニナが大声を出しました。

「こういうことかあ……！」

杏と社長がニナを見ると、ニナが興奮気味で答えます。

「あ、社長、おはようございます！　今、朝のメールを開けたら、仕事の依頼がすごいんです。みんな結婚式に来てた音楽関係の方たちからなんですけど――メッセージに全部〝二百万円を返した社長さんと仕事をしてみたい〟って」

「わあ……！」

杏も飛び上がって、目を輝かせて言いました。

「本の続きにも**〝愛から与えるものは、必ず拡大する〟**って書いてありました……！」

社長はそんな二人の様子に、

「みんなが幸せになることをするって、そう難しいことじゃないだろ？」

と、微笑みました。

「そうですね。難しくはないですけど、見方の転換と〝今、その瞬間が来たら、それを逃さず、お金を手放す判断も必要〟には、少しの勇気がいるかな」

と、ニナ。

「その通り。〝今、この瞬間の見方がすべて〟さ」

社長がそう言いながら、うれしそうにニナのパソコンを覗き込んだ途端、「失礼いたします」とまた声がして事務所のドアが開きました。

三人が振り返ると、そこには土曜日の新婦が上品なワンピース姿で立っていました。

「朝からお邪魔をいたします。三枝梢と申します」

梢は美しい顔を三人に向けると、深々とお辞儀をしました。


「お気持ちだけいただいてお戻ししたかったのですが、安藤さんが受け取ってくださらなかったと三枝から聞きました」

ソファに浅く腰かけた梢の佇まいは、世間とはまったく違う育ちをしてきた気品のあるゆったりとした雰囲気を辺りに漂わせていました。

「こちらこそ失礼を重ねました。僕自身、独立して音楽の仕事をここまで続けられたのは、ほとんどが三枝先輩のおかげなので。お返しできるものが他にないのです」

「三枝も、人に支えられてここまで来たと申しておりました……一緒ですね」

「光栄です」

そう深くお辞儀をする社長に、梢も少しうつむきながら答えました。

「三枝との結婚は、もう歳をとった父の会社を三枝が継ぐ代わりに――サエグサ・

ミュージックの資金難の援助をするために父が大株主になる……今どきの政略結婚であることを、みなさんは見て見ぬ振りをしてくださった結婚式でした」

杏とニナは初めて聞く話に、思わず二人で目を合わせました。

「でも、わたしはこう思っています。お金の不足は、自分の愛への不信の結果です。誰かの資金に依存したままでは、三枝はどちらの会社も立て直せないと思います」

「す、すごいです……」

思わず声が漏れた杏に、梢が、

「すごい?」

と、その美しい所作で横顔を向けました。

「あ、いえ……毎日読んでいる本に、同じことが書いてあったので……」

「なんと書いてありましたか?」

梢の目が、長いまつ毛の奥で静かに光ったように見えて、杏はドキドキしながら答えました。

「え、えっと……自分は愛することができない、不足しているという勘違いを、お金や関係性の不足に貼り付けているだけなんだ、って……」

「その通りだと思います。父もよく言っていることです。わたしの心は、家族にいつも愛されている確信がありますから、常に豊かです。式の間、わたしはあんな態度を取っておりましたのに——安藤さんは外側で判断をせず、わたしにお金を戻してくださいました。安藤さんは、真実を見る力がおありだと感じます。そういう人間は必ず成功すると、父は常々言っています」

梢の、帝王学が身についたきっぱりと答える姿をじっと見つめながら、社長も静かに答えました。

「ありがとうございます。素晴らしいお父さまをお持ちで羨ましいです」

すると梢は、初めて社長を真っすぐに見て言いました。

「ですから、今回の件のお礼も兼ねて、わたしのお金でこの会社の株を買わせていただきたいと思っております。二千万円分です」

「に、二千万⁉」

ニナは声を上げて、杏と顔を見合わせました。

「誰の許可も得なくていい、わたしのお小遣いの範疇ですから、低額で申し訳ありません」

「て、低額ではないと思います……！」

と、ニナは驚いたまま何とか答えました。

社長は、さっきからずっと静かに梢を見つめながら淡々と呟きました。

「先輩はやっぱり運が強くて、人を見る目がありますね」

「でも、まだ少し弱い人だから……」

そう梢が少し視線をそらすと、社長が聞き返しました。

「弱い？」

梢は、目をそらしたまま続けました。

「……ほんとうは、何年もお付き合いをされていた大切な女性がいらしたのに――会社の資金と後継者が産めるわたしを選んだ、弱さがあります……三枝の〝自分には力がないかもしれない〟という不信を、一緒に見ていかないと――」

「それは違うと思いますよ」

社長は、梢を強く見つめ返して言いました。

「先輩は梢さんの、素晴らしい女性としての可能性が先に見えたんだと思います。先輩が梢さんの可能性を見ているということは、自分と会社の可能性をちゃんと見ているってことなんです。先輩はあなたと一緒に、そっちを見たいと思っているんです」

「そうかしら……」

そんな梢に、ニナがそっと助け舟を出すようゆっくりと話し出しました。

「人生は、フィードバックなんだそうです。人は、自分を見ているようにしか人を見ないって。三枝会長が梢さんの可能性を見ているなら、社長が言うように、きっと三枝会長自身が、自分の可能性を見ている人だってことですよね？　わたしは梢さんのようなお父さんがいなかったから、このことを社長に教わったんです。男性って強いのに、弱いですから。だからわたしたち女性の存在が活かされるんですよね、きっと」

そうニナはいつも杏にしている、優しい微笑みで梢を見つめました。

「そう……かもしれませんね」

と、ニナの笑みに梢は少しはにかんで、同時に少し安心もしたようにうつむきました。

社長も珍しく感情的になった自分に恥ずかしくなったのか、まるで自分に言い聞かせるよう言いました。

「大丈夫です。先輩のかつてのパートナーには、きっと別のパートナーができます。人生には、全員が知らなくていいことと、すべてを言わなくてもいいことがある……。謎は謎のままでも、心配ないんだ……すべてはいつだって、完璧に進んでいくのだから……」

そんな社長を、梢は長いまつ毛の奥からじっと見つめて言いました。

「彼は……弱さからその女性を裏切ったんじゃないのですね……」

「……先輩は、ただあなたのことを好きになったんだ。素直に大切にしたい人を、自分ができる精一杯で大切にした結果です。それだけです。そしてあなたは、サエグサ・ミュージック会長の奥様にふさわしい愛情と見方を知っている。素敵な女性です。先輩をよろしくお願いします」

そう言って、社長は深々と梢に頭を下げました。

「……ありがとう」

社長の〝何か〟が伝わった梢が、ふと涙ぐむのを見てニナは優しく言いました。

「お金に込められたお気持ちが、とてもうれしく感じました。わたしたちこそ、そのお気持ちに感謝できるよう、社長と一緒にいい仕事に必ず役立てます」

梢は張りつめていた緊張が解けたのか、

「……みなさんとお話ができてよかったです……わたし、ほんとうはものすごく人見知りだから……」

と、少女のようにうつむきました。

そんな梢に、杏がすかさず、

「だ、大丈夫です、わたしも二十九歳でもまだ人見知りで、でもこの事務所では、何とか生きられてますから……！」

と、可笑しな励まし方をすると、梢がくすっと笑って、つられて全員も笑いました。

笑い合う四人の背後には、昨日のままの黒板絵の黄色いチョークのラインが、窓からの陽の光できらきらと輝いていました。

＊

「え……じゃあ、三枝会長は、社長のために梢さんと結婚した……ってことですか？」

東京タワーの灯りが点る夕方の屋上で、杏は驚いてニナに聞き返しました。

「そこがいまいち謎なのよ。あの二人は特別な先輩と後輩だって、よく噂になってて。社長がお世話になっているのか、三枝会長の方が社長に借りがあるのか……。わたしは、なぁんか〝女性〟が関係してるんじゃないかなって気がしてるんだけど――この話は絶対内緒よ？　どちらがどちらを助けてるのか？　実はわからない二人」

と、ニナはポケットから煙草を出して火を点けながら言いました。

「それだけ社長と三枝会長は、きっと深い絆なんでしょうね……大人の関係なんですね」

杏は考え深く呟きました。

「七年勤めてるけど、社長って謎が多くて、プライベートは誰もよくわからないのよ」

「社長、さっき梢さんに、謎は謎のままでいい、人生は言わなくてもいいこともある……って、言ってました」

「言ってたね。わたしも変なとこで勘がいいから、勝手に何かを感じてしまうんだけどね」

「わたし、カフェで出逢った子と話ができて……その子も、ニナ先輩は自分と同じで、勘がよくて、共感力が高い人なのがわかるって言ってました」

「え、話してたあの子と仲よくなれたんだ？　よかったじゃない……！　何だかうれしいな、わたしのことまで語り合えるまでになってたとは」

「はい……！　しかも、本の扉のページに書いてあった通りに。後ろ姿の女の子じゃなく――女の子みたいな、男の子だったんです」

「わお……！　ドラマみたいになってきたな。サイン、来てるね」

「はい。もう、毎日がドラマなのか現実なのか、よくわからなくなってます」

「あはははは、言えてる。百万円やら二千万円やら、もうメロドラマも超えてるけど」

ニナの笑い声に、杏もつられて笑いました。


「なんか……社長って、かっこいいですね」

「たまに子供みたいに恩田さんとはしゃいだり、今日みたいにムキになったり。社長も実は可愛いとこもあったりして――お互いにいろんな側面があって、それが向き合う相手によって変わるんだものね。わたしは両親には未だに赤ちゃんみたいに駄々をこねてしまうし、反対にパートナーの前では、母親みたいになってしまったり……」

杏は、ニナの話に頷いて、

「きっと社長は、三枝会長やその女性の前では、子供の自分を出せるんですよね。すごく大切なのが溢れて、ムキになってしまう――〝きっと別のパートナーができます、大切にしたい人を、精一杯に大切にした結果です〟って……一生懸命言ってました」

「言ってたね……そんなに大切なことなら、もうそれ以上うまく言えなくったって、全然いいことだものね」

「……はい」


杏は、ニナのこういう優しさに触れる時間が大好きで、そんな杏の気持ちが伝わってくるニナも、心地よく黙ったまま――二人は静かに東京タワーを眺めていました。

＊

街灯が灯り始めた路地の古い町屋風の一軒家の玄関の前で、社長が一人、家を眺めたまま立っていました。

「……」

そして、そっとポケットから携帯を取り出すと「麻美さん」と書かれたメールを開きました。

『安藤くん、お久しぶりです。お元気ですか？　一人でここに引っ越して、夢だったお料理を出すお店を始めます。今夜は、お仕事をしている日？』

そのメッセージの下には、この家の住所が書かれていました。

社長は立ち尽くしたまま、なかなかその玄関を開けることができずにいました。

やっと何かが終わって、何かが始まっていく——そのことが今、先にわかって、幸せで、胸がいっぱいになったからなのでした。

「こんばんは……」

社長がやっとそう小さな声で、ガラガラと音のする古い玄関の引き戸をゆっくり開けると、中から「はーい」という声がして、ワンピースにエプロン姿の麻美が、素足で飛び出して来ました。

「安藤くん！」

社長は、麻美の素足を見て、照れたように笑いました。

「……お久しぶりです、麻美さん」

「はい……」

と、麻美は丸眼鏡の奥のきらきらした目で、満面の笑みで頷きました。

玄関の二人の向こうには、小さく見える東京タワーの先端が光っていました。

*

夜空に変わった東京タワーが光る屋上で、杏とニナはまだ話し込んでいました。

「自分より一回りも歳上の女性を好きになるなんて……その方、どんな素敵な方なのかなあ」

杏は、夢見る子供のように東京タワーを見上げたまま言いました。

「きっと元々歳上好きよ、あれは」

と、ニナはポケット灰皿を出して煙草を消しながら言いました。

「わぁ……社長、フランス人みたいです」

「フランス人？」

「はい。アムールの国では、たしなみやお洒落や会話に長けた、うんと大人の女性の方がフランス男性にとっては魅力的なんです。なので、五十歳以上が一番もてるんです」

「へぇ！〝見方が違う〟だけで、ほんとに人生が違うんだなあ。確か、今のフランスの大統領も――」

「はい。奥さまが二十五歳上の、二回り以上の歳上婚です」

「わたし、真面目にフランス行こうかな？」

「ふふふふふ」

＊

社長は、麻美の家のキッチンのカウンターで、白磁の湯のみを両手で包み、中に入っている花の蕾のジャスミン茶を見つめていました。

カウンターの中の麻美が、少しずつお湯を注ぎながら言いました。

「わたし、一人になったのに、とってもうれしいの」

「……どうしてですか」

「だって、今まで三人でしか逢えなかったのに、一人になったら、初めて二人だけで逢えた」

そう言って麻美が微笑むと、社長はうつむいて、湯のみの中の蕾が紅い花びらを咲かせていくのを見つめました。

「……開いた……」

そう呟く繊細な少年のような社長を、麻美は愛しく静かに見つめていました。

5

wishes to grapefruit moon — chapter 5

形は、祈る

chapter 5

形は、祈る

小雨の降る中、杏は赤い傘をたたみながら、いつもの美術館の受付でチケットを買っていました。

ここに来るのは、あの青いオープンカーが飛び込んで以来です。

三枝の結婚式からというもの事務所に仕事が殺到して、やっとゆっくりと予定が空いた週末で、杏は『*Light in relationship*』の展覧会を観に来たのでした。

チケットと一緒に手渡されたパンフレットには『キュレーター・トーク　藤原純×三浦暁』と、今日の午後のスケジュールが書かれていました。

「今日は何だかムツキたちに逢えるような気がしてたのは、きっと、このトークショーがあるからだったんだ……」

杏は、「今日はどうしても美術館に行かなくちゃいけない気がする」と感じた《わたしの本音》が、早速サインとなって現れた気がして幸せを感じました。

それはまるで、ムツキと純と暁と自分が、手の中のチケット『*Light in relationship*』そのもの――予感でしかない《今》という《愛の光の波》の中で、いつもすでに逢えたと確信している不思議な関係性。

杏は、まだそんなに逢ってはいないムツキたちとこんなにもタイミングが合うのは「きっと相手の気持ちを感じとるエンパシーのムツキが、わたしの心を感じ取ってくれているからに違いない」と、思っていました。

杏は幸せな気持ちで「お父さんとよく観た、赤い傘に赤いタイツを履いたアンナ・カリーナのミュージカル映画――あのタイトルは何だっけ?」そう、うろ覚えの鼻歌を歌いながら開いた傘を雨の中でくるくると回し、美術館までの小道を歩いて行きました。

＊

館内に一歩み足を踏み入れた途端、杏は驚いて目を見張りました。

普段は七十年代の旧式な造りのはずの館内が、すべて真っ白にモダンに塗り替えられ、降り注ぐような賛美歌が流れる美術展は、杏にとっては初めての体験だったからです。

それは、二人だけの男性のアカペラが交差して響き合う、ラテン語の賛美歌でした。耳の不自由な方のためなのでしょう、館内のすべての壁には、その音楽の五線譜と二人のパートのラテン語の歌詞が、壁という壁につながって淡いグレーの文字で描かれていました。これならたとえ歌声が聴こえなくても、まるで音楽に包まれているかのようなイメージが湧きます。

壁の『*Light in relationship*』の解説文には『空間との relationship（関係性）を変えるため、展示中は音を使用している』――そう書かれてある通り、降り注ぐ賛美歌に包まれると、何度も入ったことがあるはずのこの美術館の天井がいつもよりもっと高く広く感じるのが、杏にはとても不思議な感覚でした。

館内のそれぞれの部屋には、海外の新人作家たちの作品が順に展示されていました。

部屋全体を使った大きな作品が多く、最初の部屋には、海岸沿いの小高い丘に立つ教会を包みながら、オーロラのようにカモメの大群が舞い続ける映像の下、床一面に本物の砂が敷かれた砂浜に一羽のカモメの小さな足跡だけがついている作品。

次の部屋には、花が咲き乱れる農場の庭に十字架に磔にされたキリストの下に聖母マリアが描かれたクリムトの絵が、実物のオブジェになって、設置された窓枠から見ることができる『窓』という作品。

山のように積まれた、まるで子供が縫ったようなざくざくの黒い糸の縫い目のぬいぐるみたちを、やはりざくざくの黒い縫い目のイエスの人形が、両手で抱きしめながら見つめている、キュートでポップな作品の部屋もありました。

嗅覚を刺激する、ホーリーバジルのポプリと没薬（ミルラ）の香りのキャンドルが無造作に埋め尽くされた作品の部屋では、お父さんとよく訪れたパリの教会でのリアルな礼拝堂の感覚を、香りの力が一気に呼び起こしてくれました。

その他、大きな絵画やどのオブジェも、アーティストたちのユニークな視点からのイエス＝キリストや聖母マリア、教会を感じさせるモダンで神秘的な作品群ばかりでした。

中でも杏は、最後の部屋の壁に一枚だけ飾られた、古い額縁に塗料がボロボロの小さな絵に強く惹きつけられました。

それはよく見ると、イエス＝キリストが髪の長い女性と赤ちゃんを抱きしめている、子供の描いたデッサンのような素朴な油絵でした。

イエス＝キリストは独身だったはず……そう首を傾げながらも、その絵がどうしても三人家族のように見えるのを感じているうちに、部屋にはぽつんと杏一人だけになっていました。

すると、部屋中に二人の男性のアカペラの賛美歌の声がだんだんと大きく響いてきて――杏は、その空間の中に自分が溶けて消えていく感覚に、ぐわんと飲み込まれていきました。

＊

ズン！　と大ボリュームのバンドの音楽が、ニナがライブハウスの重たい扉を数センチ開けた途端に溢れてきました。

「それ以上はこの扉はレディの腕では重たいでしょう？　僕が開けましょう」

そう後ろから素敵な声がして振り返ると、それは恩田さんでした。

「お、恩田さん……？」

「ニ、ニナくん……！」

恩田さんとニナは同時に、

「どうしてここに？」

と、お互い見つめ合いました。

＊

「杏ちゃん、来てくれたのね！」

デニム姿の純と真っ赤なワンピースの暁に声をかけられて、杏はハッと我に返りました。

どれくらいこうしていたのでしょうか、いつの間にか小さな油絵の周りには、たくさんの観覧者が溢れていました。

杏は、

「あ、こ、こんにちは……」

と、ぼんやりとした頭を振って、慌てて二人に挨拶をしました。

「あの絵が、フランスの教会から強盗してきた作品よ」

純がいたずらっぽく杏にウィンクをして、壁の小さな油絵を指さしました。

「今回の展示作品の紹介文はね、全部ムツキが書いたのよ？　聴覚障害の方への壁の五線譜も、ムツキのアイディアで急遽採用」

と、暁も誇らしげに白い館内を見渡しました。

まだ少し放心状態の杏が、

「この部屋で賛美歌の音楽に包まれて、あの油絵の前に立っていたら……わたし、とても不思議な感覚に落ちてしまったというか――まるで全部の作品が、この油絵にたどり着くために、ここまでずっと道案内をしてくれたみたいに――最後のこの絵の前での感覚が……ものすごかったです……」

何とか言葉を紡ぎ出すと、純と暁は、「成功ね！」と顔を見合わせました。

「感じてくれてすごくうれしいわ。わたしたちもあの絵を巡って、とても神秘的な体験をしたことをこれから絵の前でトークするの。あと一時間後くらいかしら。時間があったら、ぜひ聞いていって」

暁が杏の肩を両手で抱きしめました。

「は、はい」

「ムツキは大学の授業が終わったら駆けつけるはずだから、よかったらまたカフェで待ち合わせしましょう！」

と、純が颯爽と手を上げて、二人はスタッフルームへと去っていきました。

「やっぱりムツキに逢える日だったんだ……！」

サインがちゃんと重なった幸せを感じながら、杏はあの不思議な小さな油絵を、またじっと見つめていました。

＊

薄暗い事務所『*Le paradis*』では、結婚式以来の山のような仕事を処理するために、社長が一人休日出勤をしてデスクで溜まったメールを黙々と返信していました。

社長は最後のメールをカチン！　とエンターで送信をすると、うーんと伸びをして少し休憩をしようと肩を揉みながら立ち上がりました。

すると、杏のデスクの上に珍しく置きっぱなしで忘れられている、あの赤い革の文庫本がありました。

社長は、何気なくパラパラと本を開いて読み始めました。

『今日も、本を開いてくださって、ありがとう。

前回のレッスンでは、お金も、人も、すべてが《愛の光の波》だとお伝えしましたが、今日は特に、形あるものの中の《愛の光の波》と、共振共鳴していく見方を見つめてみたいと思っています。

あなたがアーティストなら、あなたの創った本、映画、絵画、音楽、料理……。

あなたがアーティストでなくとも、あなたの暮らしの中で大切な、本、映画、絵画、音楽、料理……。

それらを今、もう一度、ちょっと目の前に置いて、深く味わってみて欲しいのです。』

「ふむ……」

と、社長は本を手にしたまま、もう片方の手で携帯のミュージックライブラリを開くと――麻美がレコードで聴いていたのと同じ、トム・ウェイツのアルバムの中から『グレープフルーツ・ムーン』を選曲しました。

社長はソファに深く腰を沈めると、お行儀悪く靴のままテーブルに両足を乗せ、開いたままの本を顔に載せました。

Grapefruit moon, one star shining, shining down on me
Heard that tune, and now I'm pining, honey, can't you see ?
'Cause every time I hear that melody, well, something breaks inside
And the grapefruit moon, one star shining, can't turn back the tide

グレープフルーツみたいなお月さまと星が一つ輝いて 俺を照らしてる
あの曲を聴いて いま想い焦がれてる 君ならわかるだろ?
あのメロディーを聴くたびに 俺の奥で何かが壊れるんだ……

グレープフルーツみたいなお月さまと 星が一つ輝いて
過ぎ去った時はもう戻せない

＊

同じ頃、麻美は、読みかけの本『投影された宇宙』を手に、居間の畳の上で美しい横顔で昼寝をしていました。

＊

社長はソファに腰を沈めてテーブルに両足を乗せたまま、本を顔に載せて『グレープフルーツ・ムーン』を聴いています。

Never had no destinations, could not get across
You became my inspiration, oh but what a cost

'Cause every time I hear that melody, well, something breaks inside
And the grapefruit moon, one star shining, is more than I can hide

目的地なんて もともとなかった だけどそれを越えることも できなかった
君は俺のインスピレーションになったんだ でもそれは とても大きな代償で——
あのメロディーを聴くといつも 俺の奥で何かが壊れるんだ……
グレープフルーツみたいなお月さまと 星が一つ輝いて
もう隠すことなんてできない

＊

大学の構内の大きな木の上で、ムツキも一人、スヤスヤと昼寝をしていました。

＊

Now I'm smoking cigarettes and I strive for purity
And I slip just like the stars into obscurity
'Cause every time I hear that melody, well, puts me up a tree
And the grapefruit moon, one star shining, is all that I can see

いま 煙草をふかして 純なものになろうとしてみる
そして滑り落ちていくんだ 夜の闇に消える 星たちのように
あのメロディーを聴くといつも 俺は木の上に登って――
グレープフルーツみたいなお月さまと 星が一つ輝いて
それが俺の心に映るすべてなのさ

＊

美しいその曲が終わると、社長はゆっくりと顔から本を離し、ソファでその姿勢のまま続きを読み始めました。

『あなたは、その愛するものたちの形を通して、一体何を見ていたのか、おわかりになりますか?

そう。それは〝あなたご自身の想い〟なのです。


たとえば、あなたの目の前に、木が立っているとします。

あなたは、

「大きな木が立っている」

そう、木を見ています。


けれども、森でたくさんの木を見て育った別の人は、

「小さな木が立っている」

と、同じ木を見たのに、そう思うかもしれません。

「この木は、僕が育った大きな森の中では、小さな木だから」

そんな自分の過去の記憶を、その木に投影して見るからです。


まだ小さな子供のあなたがその木を見たら、どうでしょう。

「これは固くて、ざらざらして長いもの」

そう、木という概念がまだないまま、見るのです。


これを、一人の同じ人間の成長過程として眺めてみると、どうなるでしょうか。


あなたが大きくなって、学校に通い、その木を見ると、

「これは大きな木というものだ」

と、その木を見るようになります。


そして、あなたが森に引っ越し、久しぶりに、その木の前に立ったとしたら、

「これは、なんて小さな木だったのだ」

そう、木への見方が変わるのです。

木はいつだって、ずっと同じ高さで、ただ、立っていただけなのに……。

ということは、常に自分の想いを見ているわたしたちは、シンプルに「ただ目の前の木を見る」ことさえ、できないのです。

わたしたちは無意識にいつだって、記憶や、自分が思い込んでいる認識というストーリーを形に貼りつけて見ているので、実は人間とは、目の前の形をありのままに見ることができない存在です。

＊

自分が思い込んでいる通りにしか、何も見ることができない存在なのです。』

大学のテラスでは、かつて美術館のカフェにいた女子大生たちが大きな声で話していました。

「ねえ、今日のゼミのテスト、予習してきたんだけど難しくて……！　ここで単位落としたら、絶対やばくない？」

「ムツキに聞いとけば大丈夫だよ、あの子、先生が出す質問、視えるから」

「いいね！　ちょっとムツキ、どこ行った？」

「雨なのにどこ行ったんだろ？　ムツキ、どこー！」

「ムツキー！」

と、大声で探し続けていました。

大きな木の上で昼寝をしていたムツキは、構内で自分を呼んでいる声で目が覚めると、体を起こして空から降る雨の雫を見つめました。

声をよそに、ムツキはポケットからキャンディを取り出して口に放り込むと、木々の葉から落ちる小さな雨の雫にそっと手をかざして——その雫の形を、そっと撫でて優しく微笑みました。

社長はソファでそのままの姿勢のまま、本を読み続けていました。

＊

『どこに行っても、何を見ても。

わたしたちはどこまでも自分の想いだけを見ています。

形は思考も言葉も持たずに沈黙しているので、自分の想いを映すには、とても役に立つ存在だからです。

ですから今日は、これを逆手に取って――形が、見ている者の想いをそのまま映す鏡なら、わたしたちは、見たいものを形の中に見ることができるのです。

つまり、《わたしの本音》から形を見たなら、形は《わたしの本音》を映します。

《愛の道具として、形を見る》のなら、形は《愛》のサインとして、あなたに届き始めます。

なぜなら《愛》とは、ひとつにつながっているエネルギー状態のことなので、もの言わぬ形に、《愛》を注ぐと、瞬く間に愛のつながる性質の道具となって、あなたの《愛》の想いが映されたサインとなって形が動き出すのです。

すべてが自分の見方（想い）であり、自分の想いがその形の意味を決めている――ただずっと同じ高さの木が、そこにあり続けるように……。』

社長はここまで読み終わると、開いたままの文庫本を自分の胸に置き、両手をお腹の上で組むと――深く納得したように深呼吸をしました。

「なるほどね……。俺はこの曲の中に――俺の想いを見ていただけ、か……」

そう一人納得したように目を閉じて、そっと優しく笑いました。

*

賛美歌の祈りの音楽に包まれながら、小さな油絵を挟むように座った純と暁のトークショーは、観覧者でいっぱいになった、さながら教会の礼拝のようでした。

純は、表情豊かに話をし始めました。

「実はこの小さな油絵は、フランスの山奥の小さな礼拝堂の中に飾られていたのです。そこは何百年もの間、十人の男性の修道僧だけで自給自足をされて営まれてきた礼拝堂であり、訪れた途端、わたしたちは圧倒されてしまったのを今でもよく覚えています。祈りと賛美歌だけしか交わされてこなかったその小さな礼拝堂は、まるで時間が壊れた、無重力状態のような不思議な空間だったからです」

観覧者たちの多くが、純の巧みなトークに聞き入っていました。

杏も、あの絵の前に立った時に体験したのは、確かに無重力の中に放り出されたような、髪も指も足元も心も、一瞬で自分が何もない空間と溶け合い、消えてしまったような――そんな感覚でした。

暁は、純の話をサポートするように続けました。

「修道僧の方に聞くと、この絵は、マグダラのマリアとイエスの赤ちゃんの絵だというのです！　キリスト教の歴史では、マグダラのマリアを聖人とみなしている教会はまだ少数派です。娼婦のマグダレーン、そう憐れみの対象として二千年もの間扱われてきたからです。けれども、近年やっとバチカンで、イエスの復活という歴史上最も重要な時に、イエスのそばで第一にそれを発見したのは、マグダレーン一人だったという記録が認められて、聖人に認定されました。つまり、こんな最愛の人物の最後に寄り添い続けられるのは、イエスの唯一のパートナーだったのではないか？　というわたしたちの憶測を、まるで肯定するかのようなこの絵が、そこに静かに飾られていたのです」

純も身振り豊かに語りました。

「思わず、わたしたちがこの絵の作者を修道僧の長老に問いますと、今から百年も前に、修道僧だった十代の少年が、祈りの中でヴィジョンを受け取り、描いたものだというのです！　名もなき少年修道僧の絵が、礼拝堂の中で大切に保管されていた奇跡。わたしたちは、今回の展示としてふさわしい、百年前の新進気鋭のこの作家の絵画を、ぜひ展示したいと考えました。ところが、やはり貴重な宗教的資料であり、若い修道僧の妄想の油絵とも言えるこの一枚の作品は、教会から一度も外に出されたことがありません。ですから、交渉には強い難色を示されました。誠心誠意どう交渉を重ねても、門外不出のルールが突破できない。搬入の期限もデッドラインを越えて、もうお手上げ！　そう諦めた時でした。わたしたちには、ちょうどこの絵を描いた少年修道僧と同じ年頃の息子がおりまして、一連のやりとりを見ていた彼がこう言ったんですね。〝祈りの中で描かれて、祈りの礼拝堂にずっと飾られていた絵なのだから、交渉じゃなく、祈ってみるべきだ。条件付きの交渉と無償の祈りでは、次元がまったく違う。音程が違う二つのピアノで、ずっと不協和音を弾いているようなものだよ？　心を静かにして、絵がくれた感動に、ただ感謝を祈る。祈りの中に入って、すでに最初からすべてがつながっていることがわかれば、必ず日本にこの絵は現れる〟って――それからわたしたちは、一緒に、絵の感動へ心から感謝を祈りました。そうしましたら、まさに三人で祈っていた時でした。長老から電話があったのです。〝なぜかは、わからない。神がこの絵を、日本に出すようおっしゃった〟と」

杏は、三人と美術館の門の前で出逢ったあの朝の背景に、そんな出来事があったことを初めて知りました。

ムツキのシンプルな考え方は、いつもほんとうのことだけを伝える子供のような正直さと鋭さがあり、フランスという離れた場所にいても、その祈りの想いを受け取る長老の以心伝心の力に、杏は感動しました。

観覧者も感嘆して、身を乗り出して純と暁の話に聞き入っています。

純は、さらに話を続けました。

「わたしはこの体験を、オカルティックなものだとは、今もまったく感じていません。むしろ、息子が言った〝波長を合わせる〟とは、いたって科学的で量子力学的な結果であり、祈りとは、非常に繊細に相手の心に寄り添う思いやり、愛の波動の調整だと感じたのです」

暁も、さらに丁寧な言葉で付け加えました。

「長老は、契約書ばかりを振り回していたわたしたちが、まさか祈ったとは思わなかったのでしょうね。ですから、啓示が突然現れた意味がなぜなのか？　が、わからなかったのです。けれどもこのことで、わたしたちは確信しました。相手が祈ったかどうかは、わからないままでいいのです。なぜなら〝関係性を変える〟とは、〝先に《わたしの見方》を変えること〟――『*Light in relationship*』。祈りという光の想いが、絵をつないでいった関係性。それをタイトルに込めました。

こうしてたくさんのみなさんが、この絵や展示に想いをかけてくださった関係性にも、わたしたちは深い感謝を想っています」

純が、最後をまとめるように言いました。

「バチカンがマグダレーンの聖性を認める未来を、百年前の一人の少年修道僧が、すでにその未来に重なって描いたのかもしれない絵を、今日ここでみなさんと観ることができた、このすべての光の関係性の経験に、心からの感謝を想っています」

そう言うと、純と暁が立ち上がって深々とお辞儀をした途端、会場からはわれんばかりの拍手喝采が響きました。

二人は小さな油絵に振り返ると、観覧者と一緒にイエスとマグダレーンと赤ちゃんに笑顔で熱い拍手を送りました。

＊

杏はまだぼんやりとしたまま、いつもの美術館の中にあるお気に入りのカフェに座っていました。

今日は色々なことがあり過ぎて、これ以上何も考えることができないほどでした。

すると、マスターがカウンターから出て来て言いました。

「先ほど、暁さんがこちらにお寄りになって。今日はこれから打ち合わせが長引くので、夜の八時には自宅に帰っているので、よかったら自宅の方へ来てくださいと、あなたに言づけて欲しいと。珈琲のお代も、先にいただきました」

「あ……そ、そうだったのですね……ありがとうございます」

杏はその時、朝から感じていた自分の予感とサインの些細なずれに、どきんとしました。

確かに今夜、自宅に行けばムツキにも逢えるのでしょう。

けれども、自分が受け取ったと感じていたいつものサインとは違う出来事——。

「ムツキは大学の授業が終わったら駆けつけるはずだから、よかったらまたカフェで待ち合わせしましょう！」

と、純たちが言っていた予定が変更になったことに、杏は何かが微妙にスムーズではないサインを感じていました。


「では、いつもの珈琲でよろしいですか？　今日は珍しく本を読んでいらっしゃらないけれども」

「あ……いえ、本はいつも持ち歩いてはいるんです、ここに……」

と杏がバックを開くと、いつもあるはずの本が見当たりません。

「あれ……？　あ、そっか……」

この一週間、社長が結婚式で返した二百万円の評判で仕事が忙しく、本をずっと会社に置きっ放しで開くことさえ忘れていたのを、やっと思い出しました。

「す、すみません。純さんと暁さんのキュレーションとトークショーが素晴らし過ぎて……仕事でも疲れていたので、つい何もかもぼーっとして……珈琲、お願いします」

「ほんとうにあの一家は天才ですからね。マスコミにも展示の評判もすこぶるいいようで、わたしたちスタッフもよろこんでいるんです。今日は雨の音が静かですし、たまには活字も忘れて、心を休めてくださいね」

そうマスターは優しく言うと、カウンターに戻っていきました。

確かに杏はここ最近、常にサインを求めて、追いかけ続けていたところがありました。見方を変えるだけで、あの本に書かれている通りに、光速の速さでどんどん現実が大きく変わっていくのがうれしくて……。

けれども今、杏はふと、あの本に書かれている通りに進まないこんな時は、反対にとても気持ちが重たくなりやすい自分に気づきました。

そんな日に観た、純と暁のキュレーションによる、サインに満ちた素晴らしい作品と祈りの神秘的なトークショー。

そんな彼女たち育てられたムツキの、瑞々しい感受性。

あの一家は天才。

それに比べてわたしは……と、杏は気持ちの重たさと仕事の疲れも重なっているからか、ふと自分を劣等感でいっぱいにしそうな心を鎮めるよう、マスターの言う通り、今日は雨音を聴きながら目を閉じて、一旦心を休めることにしました。

「久住さん?」

聞き覚えのある声に杏が目を開けると――そこには一年前まで勤めていたフランスの冷凍食品のお店の上司、ゆきが立っていました。

「ゆ、ゆきさん……!」

「驚いた。こんなところで逢えるなんて。美術館に来たの?」

「あ、は、はい。知り合いの方がキュレーションをしてる展覧会で……」

「えっ、ほんとに!? わたし、ずっと藤原さんと三浦さんの大ファンで……今日はトークショーでお二人に逢えるから、この日に休みを取って来たの。久住さんお知り合いなの?」

と、ゆきは乗り出すように杏の目の前の席に座りました。

「あ、は、はい……知り合いというか……何というか……」

杏はどう説明していいかわからずに、しどろもどろで答えにならない答え方をしてしまいました。

杏が勤めていた八年間、新人の杏に仕事を教えてくれたのも、昇格の判断も、すべてを取り仕切っていた直属の上司がゆきであり、そんな彼女が現代アートのキュレーターの純と暁のファンだったなんて、杏は今日まで知りもしませんでした。

八年もの間、狭い人間関係の職場であれだけの日々を一緒に過ごしていたというのに、一度もそんな話をしたことがなかったことに、杏は今、改めて気づきました。


「でも、不思議だわ」

と、ゆきが言いました。

「久住さんはいつも、うちの店では商品を全然見ていなかったのに——こんなに形やコンセプトを大切にするキュレーターとお知り合いだなんて、不思議だなって」

「え……？」

杏は、ゆきの一言に驚いて、つい聞き返しました。

「あ、はっきり言い過ぎてごめんなさい。もう、あなたの上司じゃないのにね、わたし」

「あ、い、いえ……」

杏はあっという間に、昔の内向的だった自分に引き戻されていくような、職場でもいつもテキパキと指示をするゆきに、何をどう答えていいのか一瞬でわからなくなってしまう、あの重たい自分になっていくのを感じました。

「久住さんは――いつもうちの商品を、ちゃんと見てなかった」

「……」

「いつもお父さまを気にかけてたのもわかってたから……わたしなりに、お父さまとあなたのためにって、たくさん店の商品を持たせたりしてたけど……久住さんはいつも〝わたしの場所はここじゃない〟って、黙ってそう言ってる感じがしてた……」

ゆきの言葉に、杏は、何一つ返す言葉が思いつきませんでした。

「……きっともう、こんな風に偶然逢えることもないと思うし、ずっとそれは、気になって伝えたかったことだから……偶然でも、言えてよかったわ。さよなら」

そう言うと、ゆきはマスターに、

「閉店間際にお邪魔して、注文もせずにすみません」

と礼儀正しく挨拶をして出て行きました。


壁の時計はもうすぐ六時で、美術館が閉まる時間でした。

＊

小雨がまだ降る中、杏は赤い傘をさして歩きながら、涙が後から後から流れてきました。

「せっかく純と暁にお誘いを受けて、珈琲もご馳走になったお礼を言いたかったのに……」

こんな顔で重たい気分のまま、ムツキたちの家に行くのは難しそうでした。

今日はもうこのまま家に帰ろうか――そう思った時、杏は事務所に忘れっぱなしの本のことを思い出しました。

「事務所に本を取りに行って顔を洗って……東京タワーを眺めたら、少し気分もよくなるかもしれない……」

そう考えると、少しだけ気持ちが楽になりました。

杏の足が立ち止まると、くるりと反対方向の道へと歩き始めました。

＊

杏が『*Le paradis*』のドアの鍵を開けようとすると、ドアはすでに開いていて笑い声と明かりが漏れてきました。

そこには休日なのに社長もニナも恩田さんも勢揃いしていて、珈琲を片手にパソコンを囲んで盛り上がっていました。

「梢さんが買ってくれた株を資金に新しいレーベルを創って、音のいいバンドも所属させて。恩田さんの曲を、もっと積極的に配信していくのはどうかなって思ったんですよね」

と、ニナが積極的に話をしていました。

「ちょうど俺も依頼された曲を書くだけじゃなくて、もっと自分の気持ちから書いた曲を歌ったり演奏してくれるバンドを、自分で指名できたらいいなあって考えててさ。そうしたら今日、前から気になってた、いい音出すなって思ってたバンドのライブを観に行ったら、そこにニナくんがいて！」

と、恩田さんも興奮気味で話していました。

「サインだね、それは」

と社長が言うと、ニナと恩田さんは顔を見合わせました。

「お！　安藤くんも？」

「読んだんですか？　杏ちゃんの本」

「珍しく杏が、デスクに本を忘れてたからさ。ほら、ここに」

と社長が杏のデスクを振り返ると、そこに杏が立っていました。

「……杏！　どした？」

「杏ちゃん」

「杏くん」

三人に同時に自分の名前を呼ばれた途端、杏は「えへへ……」と照れ笑いをしながらも、ぽろぽろと涙を流しました。


「なるほどねぇ……いるよなあ。そういう〝後出しジャンケン〟みたいなもの言いの人。終わったことを後からもっともらしく言われてもさ。こっちはもう、どうしようもないわな」

と、恩田さんはソファに座った杏にティッシュを箱ごと差し出しながら言いました。

「でも、その偶然再会した上司の言ってることも、ちょっとわかる気がするな」

ニナも杏の隣に座ったまま呟きました。

「杏ちゃんてここに来て一年経つけど——ずっと一緒にいても、音楽のことわたしに全然聞いてこないものね」

杏はティッシュの箱を抱えて鼻をかみながら、ニナにそう言われて初めて、自分から一度も音楽の話をしてこなかったことに気がつきました。

「だから、どうしてかな? って、ちょうど最近考えてたら——それって、わたしのことだったんだなって思ったの。すべてはフィードバックだとしたら、わたしが自分のパートナーのこととか、目の前の仕事をこなさなきゃとかに追われて、わたしが一番好きな音楽の話をここ一年くらいしてなかったな、って。そういう杏ちゃんのこともいいきっかけになって、今回改めてわたしがやってみたかった音楽の仕事について、よく考えてみたんです」

「ニナ、素晴らしい見方だね」

と、社長はニナを頼もしく見て言いました。

「……みなさん、わたしが音楽を大切にしてないこと……わかっていたのに言わないでくれたんですね……」

と、杏はまた自分を責めるような気持ちになって、涙が溢れていきました。


すると、うーんと考えていた社長が言いました。

「話を聞いてると、どうやら杏はものっていう形ではなく、人が好きなんじゃないかな」

「え……」

社長の一言に、杏はティッシュで覆った顔を上げました。

「お父さんが大切で、優しい先輩のニナも大切で、おもしろい恩田さんも大切で、カフェで出逢った子も大切——杏は、作品とかものよりも、人に想いを入れられる人間なんじゃないかな」

杏の目からはまた、子供のような大粒の涙が後から後から溢れました。

「……そうです……社長はどうして……わたしのことがわかるんですか……」

「ん？　俺がそうだから」

社長があっけなく答えるのに、ニナがすかさず言いました。

「なるほど。そこもフィードバックなんだ……！」

社長は、杏の赤い革の文庫本を手に取って言いました。

「今日、デスクにあった杏の本を読んで俺も気づいたんだ。俺の好きな音楽は全部、俺が大切にしたい人が好きなものだったな……って。俺はずっとその音楽を聴いていたつもりだったけど、ほんとうは〝大切な人を見ていたい、自分の想い〟を聴いてたんだなって――自分のことは、自分ではほんとうにわからない。だから俺たちはこうやって、人と出逢っていくんじゃないのかなって」

そう社長は杏に優しく問いかけました。

＊

泣き止んだ杏は、一人バスに乗って揺られながら、雨の止んだ夜空を窓から見上げていました。

＊

雨上がりの夜の繁華街を、ムツキは一人ふらふらと歩いていました。

すると、通りの真ん中で濃いメイクの若い女性が、大泣きして座り込んでいる涙と鼻水で汚れた顔の小さな男の子の手を引っ張って言いました。

「もうパパはいないの！　ママ、お店行かなきゃなんないだから立ってよ！　保育園行くよ！」

それでも泣き止まない男の子に、ムツキは近づいてその頭にそっと触れました。

「……ほんとうは君じゃなくて、ママがお仕事に行きたくないのが、わかるんだよね……」

その言葉にハッとした女性は、ムツキをじっと真っすぐに見つめました。

ムツキは、ポケットからキャンディを取り出すと、

「これ、さっきパパから預かっておいたよ。君のこと大好きだから、これを渡しておいてって言われたの」

と、男の子の手に握らせました。

男の子はキャンディを手にすると泣き止んで、じっとムツキを見つめました。

ムツキも、その男の子をじっと見つめ返しました。

若い女性は、泣き止んだ男の子をぐいっと抱き上げると、

「……ありがとう」

と、自分の方が叱られて反省する子供のように、ちょこんとムツキに頭を下げました。

ムツキはそんな女性の素直さに、つい目をそらすと、夜の街の中へ去っていきました。

＊

麻美の家のキッチンのカウンターに座っていた社長は、空になった食器を前に、

「どれもとても美味しかった――ごちそうさまでした」

と、微笑みました。

「よかった、お口にあって」

「あ……すっかり忘れてました。これ、お土産です。うちの会社の泣き虫の新人が、前にフランスの冷凍食品の店に勤めていて。その子が〝ほんとうの自分を見つけた記念〟に買ったはいいけど、俺一人でどうやって食べていいのかわからなかったから」

麻美は手渡された紙袋を開けると、うれしそうに言いました。

「エスカルゴのブルゴーニュ風！　大好物よ、ありがとう」

「やっぱり**形は《愛》のサイン**、か……」

そう社長が呟くと、麻美は冷凍のエスカルゴをカシャカシャと振って言いました。

「もうだいぶ溶けてる……美味しく食べるには、すぐに解凍しないと——わたしもこんなにたくさん、もう一人じゃ食べきれない」

「ふむ、困ったな」

「今夜は泊まって……一緒に食べてくれる？」

「え……」

子供のように赤くなった社長に、麻美は優しく微笑みました。

＊

約束よりもだいぶ遅く家に帰って来たムツキは服を着たまま、一人自分の部屋のベッドで膝を抱えて、雨上がりの夜空を窓からじっと見つめていました。

「……」

＊

泣き過ぎた一日に、家に帰った杏は洋服のまま書斎のベッドに倒れ込んで、深い眠りに落ちていました。

＊

「今日は珍しく約束を守らずに遅かったから……ああいうムツキが久しぶりで、ちょっと心配してしまったけど――揺れることって大事なことなのよね、きっと……」

暁が薄暗い寝室のクイーンサイズのベッドの中で眠れないまま、隣の純に言いました。

純も眠れずに、天井を見つめたまま呟きました。

「……待つ時ね……あの絵が届いた前のように。待つ時だわ……」

＊

窓から夜空を見つめ続けているムツキを、とても速く流れていく雲の隙間から、刺すような強い新月の光が照らしていきました。

その横顔は言葉にはしがたい美しい妖艶さで――ムツキはまるでそのまま、金色の光の中へ溶けて消えていってしまうかのようでした。

6

wishes to grapefruit moon — chapter 6

Une Femme est Une Femme

chapter 6

Une Femme est Une Femme

朝、麻美と社長は、麻美の家のベッドに並んでうつ伏せのまま話をしていました。

「……今朝の気分はどうですか？」

「……冷凍のエスカルゴのブルゴーニュ風は、美味しいってわかった」

照れてごまかす社長に、麻美はくすくす笑って、

「あとは？」

「あと？　うーん……」

と、社長はちょっと顔を引いて麻美をじっと眺めると、

「麻美さんの寝ぐせは、可愛い」

「え？」

麻美が慌てて自分の髪を触ると、二人は笑い出しました。

*

まだ少し気分が重たいままの杏は、早起きをして、リビングのテーブルで黙々と昨日のことを考えながら、お弁当を作っていました。

気持ちが沈んでいる時には、決まって料理をして気持ちを整えるのが杏の習慣です。

六枚切りの食パンに慎重に横に包丁を入れてさらに薄いパンにしたら、ピーナッツバターを塗って凍らせておいたバナナを薄切りにしたものを敷き、生の蜂蜜を少し垂らす。

このサンドイッチは、プレスリーのレコードが好きだったお父さんが食の細かった杏に「これがエルヴィスも食べている朝ごはんなんだ」と、毎朝作ってくれたメニューでした。

杏が冷凍庫の奥の凍ったバナナを探していると、忘れていた冷凍のエスカルゴのブルゴーニュ風が転がってきました。

杏は懐かしいエスカルゴの冷凍食品を手にすると、ぽつりと呟きました。

「こんな日は……またお父さんとサンドイッチもエスカルゴも一緒に食べながら、話をしたいよ……」

そう言うと、杏はリビングに飾られたお母さんとお父さんの二つの写真を見つめていました。

*

着替えてカウンターに座った社長に、麻美は新聞を手渡して朝ごはんの支度を始めました。

「ありがとう」と社長が広げた新聞のページには、大きく『*Light in relationship*／藤原純×三浦暁　の世界』という特集記事が写真入りで掲載されていて、そこには純と暁と一緒にいる杏の姿が写っていました。

「あれ、杏が映ってる――この子がお土産の冷凍エスカルゴのお店にいた、泣き虫の新人」

麻美は新聞を覗き込むと、

「へえ……可愛らしい子。あ……わたし、この二人も知ってるわ。大学の先輩で女性カップルのキュレーターなの。確か、お子さんも育てていて――『*Light in relationship*』。素敵なタイトル」

社長は、以前、杏が珍しく興奮して、

「女の子じゃなくて、男の子だったんです！　ムツキって名前で、その子は美術館のキュレーターの、外人みたいな素敵な女性二人の息子さんで……！」

と話していた意味が、今、改めてつながって、

「なるほどね……」

と、一人呟きました。

麻美はそんな考え深い様子の社長を見ると、隣のもう一つの記事を読みながら言いました。

「安藤くん。明々後日の夜は、ちょうど満月なんですって。そんな日に、この美術展に一緒に行きたいな……その後、また一緒にゆっくりお月見しましょう」

そうにっこりと微笑みました。

＊

『*Le paradis*』では、ニナが夢中で、杏に一押しのバンドの動画を見せていました。

「ねえねえ、杏ちゃんは観て、どう感じた?」

「……あ、でも素人のわたしの意見より……もっと社長とか恩田さんとかプロの方のご意見を聞いた方が……」

と、まだ少し元気が出ない杏は頼りなげに答えました。

「普通だから聞きたいの。聴いてくれる人たちは、みんな普通なんだから」というニナに気圧されて、杏もまた一生懸命動画を見ながら感じたことを答えていきました。

「わかりました……じゃあ、えーと……そうですね……この五人の方たちは、とっても仲よしそうで……ライブなのに、タイミングが全然ずれないですし……息があった感じが伝わります……演奏もすごくお上手で、見た目もかっこいいです……」

「そうなの! タイミングずれないのも、仲がいいのもよくわかったね?」

「あと……こういうキーの曲は……昨日社長が聴いてた、しゃがれた声の方が味わいが出るような……でも、このボーカルの方は、もともと高い声の方がとても綺麗だと思うので……もっとキーを上げて歌ってもいいのかな、って……あ、で、でも、全然間違ってるかもしれないので……！」

「なるほど——杏ちゃん、すごいじゃない！　本質ちゃんとついてる、メモっとこう」

と、ニナが純粋によろこんでくれたので、杏は少しほっとして言いました。

「……昨日、社長が聴かせてくれた曲も、とても素敵でした」

ニナは、メモを取りながら言いました。

「あの曲、大切な人に教わったって言ってたの、あれ絶対、三枝会長と何かあった女の人だな。だって会長の結婚式が終わった途端、何か社長の感じ変わったもの」


するとちょうどそこに「おはよう！」と、社長が出勤してきました。

ニナは、ぼそりと杏に耳打ちしました。

「……早速、昨日と全部同じシャツとボトム。そして機嫌がいい」

ニナは、しれっとした顔で社長に言いました。

「おはようございます。なんか社長、今日は珍しく髪、寝ぐせじゃないですか？」

「えっ」

動揺する社長に、ニナが言いました。

「嘘ですよ。何慌ててるんですか？　昨日と同じ洋服着ちゃって」

「……ニナ、お前なあ！」

と、社長は慌てながらもドアをバタン！　と閉めて出て行くと、入れ違いに元気よく入って来た恩田さんが、ニナに言いました。

「おはよー！　なんか今、安藤くんがものすごい勢いで廊下のトイレに入ってってたけど」

「鏡の前で、寝ぐせを直しに行ったんじゃないですかね？」

「あんな勢いで寝ぐせを？」

そのやりとりに両手で顔を覆って笑いをこらえている杏に、ニナが得意そうに耳打ちしました。

「……完全にクロだね」

「ニナ先輩って、なんか、すごいです……」

「ふっふっふっ」

＊

杏は、お昼休みになると屋上のいつもの場所に座って、たくさん作ったサンドイッチを広げて食べながら、一週間ぶりに赤い革の文庫本を開きました。

『さあ、これまで《わたしの本音》が、現実の形に映されるサインを見つける。

そんなレッスンを続けてきて、あなたの現実がサインに溢れ、早々に変わり出している今――今日は反対に、《わたしの本音》と、形や現実が重ならない、サインのずれを感じた時のことを、丁寧に見ていきたいと思っています。』

杏は驚きました。

これはまさに、昨日自分の気持ちが落ち込んでいった原因、この本に書かれている通りに進まない時は、反対にとても気持ちが重たくなりやすい自分のことを言われている気がしました。

そして、昨日はそんな風に気分が重たくなった途端に突然ゆきが現れて、あっという間に高圧的な彼女に何をどう答えていいのかわからなくなった一瞬で内向的な自分に引き戻されていった感覚を、杏ははっきりと体験しました。
その一連の自分の中の重たい感情の流れについてを、もっとよく知りたいと思っていたのです。

『まだ見落としていた、ご自分のネガティブな過去の感情が、たくさんのサインという光の導線に照らされ、あぶり出される時にこそ――《ほんとうは愛である、わたしの本音》へと急速に戻りながらも、

〝両親のネガティブな感情を取り入れてしまったことに、気づくためだけに恋をする〞あのレッスンと似た、もう一度浄化を終わらせるための、サインのずれが始まるのです。

そして、ここでは、おもしろい《愛》の鏡合わせが起こります。

それは、ネガティブな影と影を鏡合わせすることによって、ネガティブな感情や出来事という影を、瞬く間に消してしまうのです。

すると、影が消えた後には、影の霧の中に隠されていた《わたしの本音》が立ち現れて――現れた途端、《わたしの本音》が、宇宙の《愛の光の波》に包まれ、成就します。

それは、《愛》の優しい完璧な精度を、ポジティブな感情や出来事だけではなく、ネガティブな感情の浄化を使って《愛》を受け取る、もう一つのサインです。』

ここまで読むと、杏はまだ整理がつかないまま抱えていた昨日の出来事を、もう一度ゆっくりと思い出してみました。

*

昨日、『*Le paradis*』のみんなに励まされた杏は少し元気を取り戻して、約束通り純と暁の家にカフェでの珈琲のお礼を言いに訪れて、リビングでムツキを待っていました。

すると、バタンと扉の閉まる音がして、ムツキが帰ってきました。

「お帰り、ムツキ。約束よりだいぶ遅かったわね。何かあった？」

純がさりげなく声をかけると、ムツキはソファの杏を見つけて少しだけ微笑みました。

「いらっしゃい……。今日はね、突然、一人で休みたくなった日だったの……」

ムツキはそう言うと、みんなから目をそらしたままぼんやりと部屋の壁に立ち尽くしました。

「疲れてるなら、シャワーを浴びて休みなさい」

暁が優しく声をかけると、ムツキは立ち尽くしたまま、

「今日は……僕の中に、誰かの何か重たい気持ちが入ってきて……それに飲み込まれて、とても疲れた……」

と、目を閉じました。

杏が、いつものにこやかなムツキとは別人のムツキを見ている気がしていると、ムツキは続けて言いました。

「……そうしたら今日、夜の街でね……僕を生んで捨ててしまった若いお母さんに似た人を見たんだよ……子供を愛してるのに不器用で、上手に愛せない、ほんとうはまだ自分が子供みたいな、ただの可愛い人だった……」

そうムツキは、くすくすと笑ったかと思うと、またゆっくりとうつむきました。

その異様な感じのムツキに、杏は胸の重たさをズシンと感じました。

純と暁は慣れていることのように静かに目配せをすると、暁が立ち上がってムツキを寝室へ連れて行こうとしました。

その時、

「それ、わたしかもしれません……」

杏は思わず呟きました。

「どういうこと？」

と、純が杏を見つめました。

「わたしも今日……純さんと暁さんのトークショーの後に、偶然、前に勤めていたお店の上司の女性に逢ったんです……〝あなたのような会社の商品を大切にしなかった人が、こんなに作品を大切にするキュレーターと知り合いだなんて、不思議だ〟って言われたんです……」

杏の目からは、また涙が溢れてきました。

「今の音楽事務所の社長も先輩も作家さんも、音楽をとても愛していてあったかくて……なのにわたしだけ、取り柄もないのにまた仕事の商品を大切にできないなんてダメだなあって……すごく重たい気持ちになって……そうしたら社長が、杏は、形や作品のことはわからないけど、人に想いを入れられる人間なんじゃないかって言ってくれて……ほんとうにそうなんです……わたしは何もできませんが、好きになった人を大切にしたいんです……社長は、自分のことは自分ではわからないから、人と出逢うんだって言いました……だから、ムツキが逢ったその若いお母さんは、愛したいのに上手に愛せない、きっとまだ子供みたいなわたしに似ていますし……遠くにいても何でも感じてしまうムツキを重たくしたのは、わたしかもしれません……」

杏は自分でもどうして今、この話をしているのかわかりませんでした。

何か心の中で強く込み上げるものがあって、誰かに今、これを言わされているような気がしているのを止めることができませんでした。

ムツキはそんな杏をじっと見つめながら、独り言のように言いました。

「前の上司の女性って……〝ものを大切にする人は、いい人〟で〝ものを大切にしない人は、ダメな人〝って、よい悪いのジャッジを持って世界を見るから……自分の目の前にその二種類の人を作り出す……。杏をそういう人だと見ているのは、自分なのに。それを杏のせいにしてるんだよ。杏は、自分からお店を辞めたと思っているけど……〝ものを大切にしない人は辞めて欲しい〝って、彼女の方も望んでいたとしたら？　それはその女性と杏が、二人で作り出したことだ、杏だけのせいじゃないのに……。以心伝心は当たり前のことだけど、人はまだその感じ合う能力をネガティブな感情を交換し合うことばかりに使ってるから……僕から見たらこういう話は、答えが全部書いてある退屈な答案用紙みたいなものだ……」

ずっと話を聞き入って考え込んでいた純は、杏に身を乗り出してムツキの話を解説してくれました。

「……杏ちゃん、覚えてる？　あなたもムツキと同じ。つまり、今のあなたは、上司の思い込みを自分の想いのように経験してしまってるんじゃないかしら。その場合、これはあなただけが問題なんじゃなく、同時にあなたに問題があると決めつけている、その人の見方、思い込みの問題でもあるかもしれないわ」

暁も純の話に聞き入って頷きながら、隣に座っていた杏の肩を抱きしめて

「そんな時に、話をしてくれてありがとう」

と、杏の背中をあたたかくさすりました。

ムツキは目の前の空をぼんやりと見つめたまま、ぽつりと呟きました。

「杏は幸せだ……その社長さんは素敵な人だね。僕が女の人なら、そういう人を好きになる……」

そう言って微笑むムツキに、杏は涙をぬぐいながらどきんとしました。

「そうだ……ムツキには、そういう選択があったんだ……さっきの見慣れないムツキのあの顔は、女の子になった時のムツキのもう一つの顔なのだ――」

杏は今さらながら、ムツキの抱えているジェンダーの葛藤にも気がつきました。

純と暁はそんなムツキと杏を、黙って見守っていました。

＊

屋上で文庫本を手にしたまま、そんなムツキと純と暁との時間を思い出していた杏は、

「昨日のゆきさんとの重たい感情の出来事と、ムツキの悲しい出来事でわたしの胸にズシ

ンと届いたネガティブな感情がそれぞれ、もう一度浄化を終わらせるためのサインのずれであり、ネガティブな感情はネガティブな影と影との鏡合わせによって消えていく、ちょうどいい二つの影の出来事とも言えるかもしれない……」と、感じました。

そんな風に、ネガティブな感情に対する見方が変わった途端、杏の心にふと、ゆきへの感謝の気持ちが自然と湧き上がりました。

前のお店を辞める勇気ときっかけをもらって今の自分があるのだし、ゆきの一方的かもしれない見方や思い込みといったネガティブな感情や出来事さえ、こうやって次の新しい自分を創っていくのなら……ゆきが自分に「辞めて欲しい」と思ったことが、今「辞めてよかった」という杏の心とイコールになるサインに心からほっとして——その時、杏はハッと気づきました。

「辞めて欲しい」「辞めてよかった」の間にあったほんとうの《わたしの本音》とは、「あの時わたしは、辞めたかった」ただそれだけだったんだ、と……。

そう気づくだけでも、だんだんと心が軽くなってきた杏は、次のページをめくりました。

『そうです。

長い間のネガティブな影の出来事とは、浄化のためだけでなく、ゆるす、という優しさを経験するためにある美しいサインの一端なのです。

優しさを経験するための、ネガティブな影と影のかるた合わせ。

《ずれたサイン》の中で突然、出逢えた人……。

そんな日はむしろ、その方との再会をじっくりと味わう時です。

なぜなら、あなたが先にすべての見方を《愛》へと戻し進めていったなら、自分をゆるした（浄化の終わった）人としか、最後には出逢えなくなってしまうからです。

それほど波動の形がぴたりと重なる相手としか、わたしたちは共に一緒にいることはできないのです。』

すると、「美味しそうだな」と声がして、目の前に社長が立っていました。

「あ……」

と、杏は社長にサンドイッチを差し出しました。

「どうぞ、食べてください」

社長は、サンドイッチを一つ摘まんで食べました。

「ん！　うまい」

「これはわたしが小さい頃、父が毎朝作ってくれたエルヴィス・プレスリーのレシピです」

「ほお？　プレスリー？」

と、社長はもう一つ摘まみながら、聞きました。

「わたし、あまり食べないから痩せっぽちで……お父さんが〝エルヴィスはこれを毎朝食べて太り過ぎたくらいだから、杏もこれを食べれば太れるぞって〟……『好きにならずにいられない』ってレコードを聴きながら、よく一緒に食べてました」

「あれは名曲だ。俺も好きだな」

「はい。おかげで、あっという間に太れました」

「あはははは」

「あ……」

「ん?」

「……わたし今朝、またお父さんと一緒にサンドイッチを食べたいって、思ったんだった……また願いが叶いました。サインです」

と、杏はにっこりと笑って赤い革の文庫本を見つめました。

「なら僭越ながら、俺がお父さんの代役をやれたってことかな?」

「はい」


すると、久しぶりにまた、胸の奥からふんわりとした軽やかなあたたかさが広がって、杏はつい《わたしの本音》を社長に話していました。

「わたし……最近出逢ったムツキって男の子が気になっていたんです……ムツキは、女性同士のご両親に育てられた男の子で……見た目もほんとうにどっちにも見える、たぶんXジェンダーです……男の子でも女の子でもある自分を同時に生きてるんです……」

「それが前に話してくれた——美術館のキュレーターの息子さんのこと?」

と、社長はさりげなく今朝の新聞で観た情報で、杏の話を促しました。

「はい、そうです。愛し合う二人の女性が、赤ちゃんが欲しいってお願いをしたら、満月の夜に赤ちゃんの彼がバスケットに入って届いたんだそうです。そんな夢みたいなお話の三人と一緒にいると、わたしまで夢の中にいるみたいな素敵な気持ちになって……でも、ムツキは今……女の子になるのか男の子になるのか、迷っていて……だからわたしは、そんな三人に逢えたことが、それだけでもう幸せなんだって思うようにします……」

社長は、杏のいじらしい横顔をじっと見つめながら言いました。

「この前、ものよりも人が好きなのは、俺もそうだよって話をしたろ？」

「はい」

「俺たちみたいな人間ってさ、自分がこれをやりたい、ってことも、あんまりないんだよな。好きになった人、やりたいことがある人を支えてそばにいること。包むこと……そう自分ではない相手を支えている時が、自分だなって思えるのが不思議なんだよな。俺の場合、そう思えたきっかけはある女性に惹かれたからで――その人に出逢った時に、初めて素直に相手の幸せや関わる周りの人たち全員の幸せを、想えるようになったんだよね」

杏も、社長の横顔をじっと見つめて真剣に聞き入っていました。

「それは、ものすごい自分が広がった経験だったよね。だって相手のことを想うだけで、自分のことも認めてゆるせるようになったんだから。自分に対する見方が変わった時、一緒に、ガラッと音を立てて世界が変わったのがわかったんだ」

「キュレーターのムツキのお母さんたちも、同じことを言っていました……先に自分たちをゆるしたら、世界からゆるされたのよって」

「その通りだと思う。俺はただ一人の、ある普通の可愛い女性に惹かれて、彼女に関わるすべてをそっと大切にしてただけなんだ。そうしたら今、その女性も、その女性のパートナーだった人も、その女性が好きだった音楽の世界も……全部が俺を愛してくれたことに驚いたんだ。そしてそんなシンプルな愛し方を俺に教えてくれたのが、三枝先輩とその人だった……」

「そうだったんですね……わかります。その幸せな気持ち……」

杏の真っすぐな言葉に、社長も頷きました。

「幸せになるために向かい合う相手は、鏡の中の同じ存在。だからこそ、杏が大切に想ってるムツキくんが、目の前で男の子になるか、女の子になるのか揺れているんだとしたら

――それは、そんなムツキくんを大切にできるかどうか自信がなくて、揺れている杏の心が、そのままムツキくんの心に映る、鏡になってるんじゃないのかな？　つまり、それをムツキくんに言わせてしまっているのは、杏の揺れている心だった、ってこと」

「……！」

「だとしたら――杏は今、自分の本音を、先にゆるす時じゃない？」

杏は、ムツキにも純にも暁にも「自分を先にゆるす」という同じメッセージを、何度も繰り返し言われ続けていたサインに、今やっと気づけたことがわかりました。

この本が伝えてくれることと、その前後で、杏の周りで起こる出来事。それはいつも人を変え場所を変えても、ほとんど同じ台詞、出来事というサインとなって、二度繰り返されている――特にムツキや社長は、杏にとっての、この本のメッセンジャーのような存在でそばにいてくれている、ということにも気がついてきました。

「見つめていたい大切な相手は他でもない、相手という鏡に映った自分なんだ。だからこそ杏は、そんな揺れている自分を、ただ好きになればいいんだよ」

＊

純と暁とムツキは、自宅のキッチンのテーブルに座って、遅めのランチをしながら話をしていました。

ムツキはプレートのサラダをフォークでそっと触れながら、ぼんやり考え事をしたまま話し出しました。

「……僕、昨日の話を聞いて、わかったことがある」

「聞かせて」

と、暁が優しく言いました。

「僕、杏の上司みたいな女性、嫌いなんだ。嫌いだってことは、僕は彼女の考え方や言動に反応しているってことだから——僕が女性になったら、そういう女性になってしまう可能性が強いってことだよね？」

「ある意味、正解ね。強く否定するものは、無意識で引きつけて作り出してしまうから」

そう純も、真っすぐにムツキを見つめて言いました。

「女の人って、セックスでも元々受け入れる役割で、資質も肯定的だから人としての才能が優秀でもあって——なのに男性社会に入って評価されたくて仕事をすると、自分の性質とは違うものの真似をして、途端にあんな風に無意識に正々堂々と自分や相手をさばきだす」

「……なるほど」

と、暁が言いました。

「男の人は攻める役割のエネルギーだから、鏡の仕掛けの相対性のこの地球では、攻めたら必ず攻められる現実を作る。だから本能的に自分を守ろうする〝怖がり〟で、受け入れてくれる女性に包まれていると、安心するんだ」

純は頷きながら、ムツキに言いました。

「わたしも自分の中にその男性の部分を見つけたから——自然と女性を求めて、女性を愛していく自分を知ったわね」

ムツキはフォークをカタンとお皿に置くと、純を見て言いました。

「お母さんたちには話したけど、僕は、生まれる前の胎内記憶があるでしょ?」

「ええ。あれは素晴らしい話だわ」

と、純が微笑みました。

「そのことをもう一度、よく思い出してたんだ。僕はほんとうは光で、誰かの助けになるために、寂しがって泣いていた若い女の人のお腹に生まれて来たんだ。だから、僕はそんな女の人をもう作らないよう、女の人を守ってあげたかったんだ。僕を生んだ女の人みたいな、自分を汚れていると思い込んでいたり、悲しんでいる人を愛してあげたかったんだよ」

「ムツキ……」

暁は愛しくムツキを見つめました。

「こういう見方をすることで、僕は、杏の上司の女性ともつながっていくんだ——彼女は僕の鏡……僕が嫌っている僕自身なのだから」

暁と純は、ムツキの話を聞きながらムツキの手を握りました。

「昨日、ベッドで一人で月の光を見ていたらね。僕、光だったことを思い出したんだよ。そんな一番大切なこと、時々忘れちゃう僕だけど……これからも女の人を守ったり、愛したりできるかなあ」

「できるに決まってるじゃない。そうやってあの満月の夜にも、バスケットに入ってわたしたちにこんな幸せを届けに来てくれたじゃないの」

暁はまたいつものようにムツキの髪をくしゃくしゃと撫でました。

「わたしはジェンダーもただ、目の前の人を愛するためだけにあると思ってる。戦うものでも、認めてもらうものでも何でもなくて、ただそれだけのためだと思ってる。どっちだっていいのよ。あなたがあなたらしくいてくれるなら……」

と、純もムツキを真っすぐ見て、握っている手をさらに強くつなぎました。

ムツキは、暁と純を見て微笑んで言いました。

「ねえ、お母さん。夕方、杏を誘って、みんなでドライブに行かない？――何だか、そんな気分なんだ」

「いいわね、わたしもそんな気分よ」

「もちろん。わたしもだわ」

そう言うと純と暁とムツキの三人は、お互いの手をそっと握りました。

三人のつないだ手はテーブルの食卓を囲みながら、大きな三角形を描いていました。

＊

夕焼け空の下、『*Le paradis*』の入った雑居ビルの一階に止まっている青いオープンカーの運転席に暁、助手席には純、後部座席にはムツキと杏が乗っているのを、社長とニナと恩田さんが勢揃いして並んで見送りに来ていました。


「ムツキくんて……ほんとに女の子みたい……」

ニナは初めてムツキを見ると、驚いて恩田さんに呟きました。

「みたいっていうか……俺には女の子にしか見えない……」

と、恩田さんも呟きました。

社長は、デリケートな二人の台詞を掻き消すよう咳払いをして、

「杏をよろしくお願いします」

と、純と暁とムツキに言いました。

「す、すみません、なんか早退させてもらって……」

と、社長たちに恐縮する杏を見て、暁が微笑んで言いました。

「可愛いお嬢さんをお借りしますね」

「いえいえ、お嬢さんだなんてもう、杏くんは、ほぼ、三十路ですから」

と、力説して笑顔で答える恩田さんの脇腹を、ニナがすかさずエルボーして、

「杏ちゃん、楽しんでね」

と、にっこり手を振りました。

そんなニナと恩田さんのコンビに、

「あなたたちはいいペアね。きっと二人で仕事をしたら、必ずヒットするわ」

と、笑っている純の一言に、二人は思わず顔を見合わせました。

「いいペア同士のお母さんがそう言ったら、間違いなくヒットします」

ムツキも屈託なく「ふふふ」と女の子のように笑って言いました。

「か、可愛い、ムッちゃん……」

「ムッちゃん⁇　いつも馴れ馴れしいんですよ、恩田さんは」

恩田さんとニナの息のあったやりとりに、純も暁もムツキも笑いました。

杏はそんなムツキに、こっそりと聞きました。

「ねえ、ムツキ……それは、いいペア同士が今、鏡合わせのひとつの愛になったから

――豊かさのヒットが決まっている、ってこと？」

「イエス」

と、ムツキはきらきらとした目で杏を見つめました。

社長は、そんなムツキと杏のいいコンビも、頼もしいような気持ちで見つめていました。

＊

青いオープンカーは四人を乗せて、夜のレインボーブリッジを渡っていきました。

純は、携帯からフランスのラジオをつなぐと、ＢＧＭ代わりに聴き始めました。

杏は、そのフランス語のＤＪにお父さんと行った懐かしいパリを思い出して、大好きな三人と夜風に吹かれながらドライブをしているうちに、こんな想いが心に溢れてきました。

「自分は確かにムツキに惹かれ始めてる……だからこそムツキがムツキであるのなら、男の子でも女の子でも、もうどちらでもいいことなんだ……たとえムツキが誰を好きになっても、わたしはそれを応援したい……社長が教えてくれたように、大切なムツキが大切にしている人たちを、想いを、わたしもただ、そのまま大切すればいいだけだ……」

そう杏が気持ちのいい風に目を細めていた時――ラジオからエルヴィス・プレスリーの『好きにならずにいられない』が流れてきました。

「……！」

杏は幸せなサインを感じて、感動で胸がいっぱいになりました。

すると、夜空を見上げていたムツキが振り返って、エルヴィスの甘い声と風の中で大きな声で杏に言いました。

「ねえ杏！　僕ね、杏の社長さんを好きになるんじゃなくて、社長さんみたいな男性になるのも素敵だなって思ったんだ！」

「え……」

ムツキはそれだけを言うと、すっきりした笑顔でまた橋の上の大きな夜空を眺めました。

純は、そんな後部座席の二人をバックミラーで見つめながら微笑むと、うれしさのあまり暁の肩を抱き寄せました。

「どうしたの純！　危ないわ！」

と笑いながら運転する暁を、純はもっと抱きしめて二人は声を上げて笑いました。

後部座席の杏は、まだムツキの一言にドキドキしたまま、エルヴィスの歌声と夜風に包まれたムツキの横顔を見つめていると——杏はふと忘れていた、ゴダールの映画のタイトルを思い出して、そっと呟きました。

「そうだ……あのアンナ・カリーナの映画は『*Une Femme est Une Femme*』——『女は女である』」

*

書斎の本棚には、本と一緒に無造作に重なっている『*Une Femme est Une Femme*』のパンフレットがありました。

その真っ白な表紙には、赤い傘をさして、白いファーの襟の青いワンピースを着たアンナ・カリーナが、楽しそうに腕を広げて歌っていました。

*

深夜、ドライブの後そのままムツキの家に泊まらせてもらった杏は、静まり返ったリビングのソファでブランケットに包まって、一人、赤い革の文庫本の続きを読んでいました。

『ずれが始まった相手とのお別れは、悲しいものではありません。

振り返ればそれはいつも大きな転換期であり、人生のエッジにたどり着いた証です。

そして、そのお別れや出逢いのタイミング、人生のメンバー全員を、決めてきたのは他でもない、生まれて来る前のあなた自身。

宿命や運命の主導権さえ、実は、あなた自身が決めた、大いなる自由設定なのです。

あなたはそうやって、今世、ご自分で設定してきた出逢いと別れを繰り返し、ご自分が決めてきた道を行くのです。

別れていく人たちは、あなたの過去のネガティブな想いや感情を映してくれた優しき友人たちであり、あなたがまた《今というひとつの愛》の中に戻れば、再び必ず、出逢います。』

＊

同じ頃、ゆきがとっくに閉店したフランスの冷凍食品が陳列されたお店で、一人、黙々と真摯に棚卸しの在庫チェックをしていました。

＊

リビングのソファでブランケットに包まった杏は、本を読み続けていました。

『人生は――約束してきた大切な人と、また出逢うためだけに。
ただそれだけのために、別れるからです。

そして、そのお別れとは他でもない、過去のあなた自身とのお別れなのです。
再び出逢う大切な人とは他でもない、あなたが、あなた自身と出逢う約束なのです。
それは、わたしたちは、ほんとうは《愛》なのだという、真の《わたしの本音》と出逢うための約束です。』

＊

疲れてしまったのか、着ていたシャツを脱ぎっぱなしでベッドに放ったままのムツキは、上半身が裸のまま、毛布に潜り込んで安心したように眠り込んでいました。

その横顔と華奢な背中と胸は彫刻のような青年の体つきで、そんなムツキを、今夜も月の光が一段と優しく包んでいきました。

7

wishes to grapefruit moon — chapter 7

美術館の絵の不思議

chapter 7

美術館の絵の不思議

ムツキの家のソファで目を覚ましていた杏は、まだみんなを起こさないよう、ソファでブランケットに包まったまま、静かに赤い革の文庫本を読んでいました。

『今日は、前回のレッスンの最後にお伝えした、すべてを愛だと見られた時に、あなたの願いがすべて叶いだす――このことについてを、丁寧に見つめていきたいと思います。

もう一度、ここではっきりと言いましょう。

願いや夢を叶えるのは、《愛》がします。

なぜなら《愛》とは、一番最初にお話しした通り。
「Yes! All OK!」と、《あなたの本音》を認める力。
《愛の光の波》があなたの願いを、「はい、そうです」と認める時に、願いや夢が具現化するからです。

前回お伝えした、すべての瞬間と全員が、等しくすでにあり、つながっている。

「この人はありだけれど、その人はないよね」というジャッジをしない――それが《愛》。
こんな、とても単純で子供のような無垢な見方が《愛の光の波》の見方です。

ただ、一切のジャッジをしない愛の視点で「Yes!」と、《今》「認めて、見た」ものが現実という鏡の国に映り、そのまま存在する。

ただ、それだけのことなのです。

この「《今》すでにある」と、先に見て、具現化を待つことを、〝ビジョン化〟と呼んでいます。

さあ《わたしの本音》は、今日から一体、何を具現化したいでしょうか？』

すると、階段から誰かが降りて来る足音がして、杏は本を閉じました。

「おはよ」

ムツキの爽やかな笑顔と本の問いかけに、杏は幸せで、

「お、おはよう……」

と、思わずブランケットに顔を埋めました。

なぜなら杏が具現化したかったことの一つが、ムツキとこうやって同じ屋根の下で、家族のように「おはよう」と言い合えることだったから――ムツキは、そんな杏の心を感じて、にっこりと笑いました。

杏は純と暁とムツキと、裏庭で簡単なパンと珈琲の朝食をとりながら呟きました。

「こんな素敵なお庭があるなんて……今まで気づきませんでした」

「リビングからは見えない、小さな箱庭よ」

と、暁が笑いました。

「ここはもっぱら、ムツキが一人でいるための場所に占領されてるから」

と、純がムツキにウィンクしました。

「ふふふふ。僕、人が多いところは、みんなの生活音のボリュームが大き過ぎて、疲れてしまうから。いつもここか、自分の部屋で休むの」

「だから、小さい頃は学校で一苦労。いつも静かな保健室で勉強してたわよね？」

と、暁。

「僕、高校受験も大学受験も、保健室で受けたの覚えてる？」

ムツキが笑いながら答えると、杏が二人に聞きました。

「トークショーの時、ムツキの〝心を静かにして、音程を合わせる祈り〟のお話をしてくださいましたね」

「よく覚えててくれてるわね、ありがとう」

純が頷くと、ムツキも杏を見て言いました。

「そう。ほんとうの祈りの音程は、音が小さいんだ。だから、よく聞こえないから――人のいないところで、静かになりたい。ずっと不思議だったの。鳥の声や風の音は、大きく鳴っても、どうして不快に聞こえないんだろう？　って。よく考えてみたら、それは建前や嘘がないからだ。ただ、求愛している、ただ、木の葉が重なって、音がする――それが心地がいいんだ」

「素晴らしい」

ムツキの言葉を、純が心から褒めました。


杏は、この三人はいつもお互いを褒め合って、肯定的で、感謝の言葉を口にする習慣があることに感心していました。

それは社長にも同じことを感じていて、そういえば杏の周りは今、前に比べて、否定的な言葉が行き交わない環境になっていることに気づきました。

「人は、言葉の裏に、表とは別の理由を持っている人が多い。何のためにその人がそれを言うのか、僕には、そのほんとうの理由の方が伝わってきてしまうんだ」

「そんな風に、常に二倍の量のおしゃべりを聞いているのと同じだからこそ、疲れてしまうのね」と、暁が頷きました。

すると、純の携帯電話のバイブが鳴って、失礼、と純が携帯を手に立ち上がり、

「おはようございます。ええ、はい――なるほど……それはおもしろいことになってるわね。わかりました。今日中に一度お伺いします」

と電話を切ると、三人に言いました。

「美術館の展示で、おもしろいことが起こってるみたい」

「どういうこと？」

と、暁。

「あの礼拝堂の小さな絵を見て意識が遠のいたとか、見ると願いが叶うとか、噂になってるんですって」

純も肩をすくめて言いました。

それを聞くと、杏はあの絵を見た時の不思議な体験を思い出しました。

「そう……わたしも同じ、意識が遠くなるような……うまくは表現できない、この世の

出来事じゃないような感覚だった……」——そんなもの思いに耽る杏を、ムツキはじっと見つめて言いました。

「ねえ……今夜、人のいない閉館した美術館に四人で行かない？　杏は仕事が終わったら、美術館で待ち合わせしよう。〝この電話が四人でいた時にかかってきた〟と言うサインなら、杏にとっても僕らにとっても、きっと大切なことが起こる気がするから」

＊

『*Le paradis*』では、ニナが電話口に向かって頭を下げながら、言いました。

「わかりました、では、安藤とも再度検討して、二、三日中に折り返させていただきます。はい、こちらこそ、ご丁寧にありがとうございます！」

そうニナが電話を切ると、社長のデスクへ駆け寄って言いました。

「社長！　この前、わたしのミスで恩田さんが出してくれた曲が、スポンサーとユーザーから大好評で、その口コミで、イギリスの大手家具店から恩田さんご指名で受注が！　本人にロンドンに来てもらいたいって……！」

「お！　ほんとか⁉」

「恩田さん、すごいです……！」

社長と杏は立ち上がって、顔を見合わせました。


すると、ちょうどそこに興奮気味の恩田さんが入って来て、

「おはよう！　みんな！　今すぐムッちゃんのご両親の展覧会、行った方がいい！」

と言ったと同時に、社長とニナと杏も一斉に口を揃えて言いました。

「行ってください！　ロンドン！」

「えっ？　ロ、ロンドン？」

恩田さんはきょとんとした顔で、三人の顔を見つめました。


「いやあ！　実は昨日のムッちゃんがあまりに可愛くて、つい展覧会に行ってみてしまったらさ！　なんか、ＳＮＳでもあの絵を観ると願いが叶うとか、すごい話題になって

て……！　実際、目の前で本物の絵を観たら、もう素晴らしいのなんのって——やっぱりあの絵を見たからかな！　俺の仕事が今日決まったのも？　ね?!」

興奮して話し続ける恩田さんに、社長が言いました。

「俺は——同時だと思うな」

「同時？」

と、杏。

「うん。素晴らしい作品を見たタイミングと、恩田ちゃんの素晴らしい曲にチャンスが来たタイミングが、どちらもきっと同じレベルの作品だから、すべてが同時に重なったんだと思う。イギリスから依頼が来る恩田ちゃんの曲のクオリティと、恩田ちゃんが見て感動した展覧会のクオリティのレベルが、同じってこと」

と、社長は言いました。

「あ、ありがとおお……光栄だよ、安藤くん……！」

と、恩田さんは涙目で言いました。

「恩田さんの曲と絵画はジャンルが違うのに、レベルが同じっていう意味は？」

ニナが社長に鋭く質問しました。

「うーん……言葉にできない、目に見えないもののレベルが一緒、というか」

言葉を探している社長に、杏が言いました。

「ムツキとわたしが読んでる本は〝出来事の中に流れている音程が一緒だと、必ず重なって現実になる〟って言っていました……」

「それそれ、その表現。俺が感じてるものに、とても近い」

ニナが、社長にさらに質問を続けます。

「うーん……あの本に書いてあった《光の波》って、要は目には見えない波長とか雰囲気ってことですか？　なんか曖昧な見えないものなのに、それを確固たるものとして見て判断しますよね？　社長もあの本もムツキくんも。そこがわたしにはよくわかりません」

ニナの疑問に、今度は恩田さんが答えました。

「でもさ、俺たちの仕事も同じじゃない？　音楽を創ったら、クライアントやプロデューサーが〝何か〟を感じて、オファーしてくれる。どうして俺の音楽なのか？　っていう理由は、目には見えない〝感覚〟だよね？　音楽の好みには、絶対的な基準はない。なのに、その曖昧なものが評価をされて、お金も動く」

「そう、か……。そうですね、確かに」

「その見えない〝何か〟を見える形にしているのが、音楽やアートなんだろう」

と、社長。

「俺、今朝、あの展覧会を見た時——やっぱり、最後の小さなボロボロの絵を見ていたら〝何か〟を感じたんだよね……。何ていうのかなあ……大きな見えない何かに、包まれるような感じ?」

恩田さんの発言に、ニナが食い下がります。

「それは、音楽を聴いた時みたいな感動ってことですか?」

「うん、感動も確かにあったな……。でも、それだけじゃない、何かもあった」

「やっぱり、また曖昧だ」

と、ニナが苦笑いました。

「わたしも……あの絵を見た時に、ぐわん! って何か別の次元のものに飲み込まれたみたいになって……その時だけ記憶がないんです。大袈裟って言われそうで、あんまり話せなくて……でも不思議な力を感じました」

と杏が語り出すと、恩田さんも
「なんかわかる、あの絵、不思議なんだよな……実際、ほんとに絵を観た後に、俺、仕事が決まったわけだしね？　噂通り、お願い叶ったもん」

と考え深げに言いました。

「――って恩田さんみたいな人たちで、今、話題になってるわけね」

と、ニナ。

「音楽と同じでさ、不思議な感覚も、人それぞれの感じ方の自由がある。という理解でいいもんなのかな？」

と、恩田さんが言うと、社長が言いました。

「俺は、そこを超えたいんだよなあ。それぞれ感じ方が違っていい。でも、その感じ方の違いのもっと奥では――全員が〝同じ、何か〟を得られるのが音楽なんだって。そういう仕事をしたいんだよなあ」

「〝同じ、何か〟って、何ですか？」

そうニナが聞くと、

「たとえるなら――軽やかな愛、かなあ……」

と、社長はポツリと呟きました。

＊

閉館後の夜の美術館で、純と暁とムツキと杏は、四人で小さな絵の前に立っていました。音楽も止められて薄暗く、しんと静まり返った部屋。

そこに佇んでいる絵は、また昼間とは違ったあたたかさを放っているように杏には感じられました。

杏は、ゆっくりと思い出しながら、話し始めました。

「わたしがこの絵を見た時、独身のはずのイエスが、どうしても三人家族のように感じて……じっと見入っているうちに……お祈りの賛美歌が、だんだん大音響みたいに聴こえてきて――絵と音楽とこの部屋とわたしがひとつになって、溶けてしまった感覚になったんです……」

「――《今》に入ったんだね」

ムツキは、はっきりと言いました。

「《今》の中は、静かに目を閉じて瞑想をしたり、お祈りをして入っていくんだ。心よりも、もっとずっと奥に広がっているのが、《今》なんだ」

ムツキの説明は、杏が見えない世界をイメージするのにぴったりでした。

そして、そういえば社長もムツキと同じように、「感じ方の違いのもっと奥では、全員が〝同じ、何か〟を得られる」――そんな話をしていたのを、ふと思い出しました。


「この絵を描いた修道僧は、祈りを続けていくうちに、きっとその《今》に入ってしまったから、娼婦の扱いだったマグダラのマリアが聖女になることがわかってしまった。その《今》の周波数の中で描かれた油絵だから、杏やたくさんの人たちもこの絵を見ているうちに、みんな突然《今》に入ってしまうのかもしれない――だけど、自分の周波数が急に変わることが怖いから、人は抵抗して意識が薄れてしまう。受けたくない授業は、なぜか急に眠くなるでしょ？　あれと一緒」

と、ムツキは杏を見て笑いました。

「なるほどね……。でも、どうしてわたしたちは《今》に入ることに、そんなに抵抗するほど怖くなるのかしら？」

と、暁がムツキに問いかけると、ムツキはさらっと答えました。

「簡単だよ。《今》って中に入ると、自分の本音や、ほんとうのことが全部筒抜けだから、建前で本音を隠せなくなるからみんな怖がるし、自分の本音が現実にもなってしまう」

杏は、確かに今、自分の本音がすべて筒抜けになってしまったら、それはとても怖くなってしまう自分がいそうでした。

「《今》では、すべてが筒抜けだ。だからみんな怖がって、それを絵のせいにしてまた自分の本音を隠したがる……。祈りとか以心伝心の世界は全部がひとつだから、すべてが伝わってわかってしまう。僕の心もただいつも壁がない《今》にいるから、みんなの考えてることがわかってしまうだけだ」

「言語化が難しいけれど……何となくわかる感覚だわ……」

と、純はムツキの言葉を噛み締めながら答えました。

ムツキは続けます。

「みんな、ほんとうのことを知るのが倒れ込んでしまうほど怖いんだ。自分が望んでいると思い込んでいる未来とは、違う未来は見たくないからね。でも、そのほんとうの未来は、生まれる前に自分で決めてきたものなのに……。自分で描いたシナリオを見るのが怖いなんて、滑稽だよ？　ただ本音だけが全部そこにある。表と裏がない世界。〝どんな本音でも、いいよ〟って認められている、ゆるされている場所が《今》――それが《愛》だ。《今》の中にしか《愛》はない。なのに、みんな正直な《愛》の方を怖がって、建前というフェイクの方が好きなんだと錯覚しているんだ」

「……建前の向こうの《わたしの本音》は、《今》という《愛》の場所にある……」

杏は、噛み締めながらムツキの話を聞いていました。

「《今》にいると、先に自分が勝つ未来がわかる。だから先に確信できる――そう、この話ときっと同じことを、この前社長が話してくれていたんだ……」

と、やっぱりムツキと社長は、自分に同じことを問いかけてくる存在――まるで、エコーのように同じメッセージが、いつも彼らから杏に二度繰り返されていることに気づくと「これは、見落としてはいけない、自分への大切なサインなのだ」と、感じていました。

「人って、《今》ここに全部あるものを見ないで、ないものをわざわざ妄想して欲しがってるんだ。そして、悲しい世界を自分で作り出してることに気づけない。僕もそのモードに入ってしまうと、自分一人では抜け出せない。残念だけど、あるものを見ようとしない時、人は無いものばかりの世界に生きることを繰り返す」

「じゃあ……わたしが亡くなったお父さんやお母さんに逢いたいって思ってしまうのは……無いものをわざわざ妄想しているってことなのかな……」

ふと杏がそう呟くと、

「ふふふふふ」

と、ムツキが可笑しそうに笑うので、杏はついむきになって言いました。

「どうして笑うの？」

「だって《今》もお父さんもお母さんも、杏の心の中にずっと生きているのに、ないなんて扱うこと自体、可笑しいよ！　杏もまだ半信半疑なんだね……仕方ない。じゃあ、見せてあげる……杏のお家には、お父さんの使っていた万年筆が三本あるよね。一本は細くて銀色の万年筆で、後の二つは黒くて太い万年筆で、その一本は使い過ぎてペン先が曲がってる……」

「……！　見たこともないのに……ムツキはどうしてそれがわかるの?!」

杏は目を丸くして驚いて言いました。

「僕はわからないよ。でも《今》杏の心の中にちゃんと生きているお父さんが教えてくれる・・んだ。僕が、自分の心の中の《今》にすっと入ると——そこには生きている人も体だけが亡くなった人もすべてが存在していて、そこでずっと生きているんだ。その《今》という場所で、杏のお父さんから直接教わるの。お父さんが《今》ここに、いつまでもずっと生きているってことをわかって欲しくて、マジックみたいなことをしてしまったけど……ほんとうに《今》の中には、すべてがすでにあるってことが、これでちょっとは、わかってくれたら」

と、ムツキが優しく言いました。

感動と驚きで涙が溢れる杏の肩を、暁がそっと抱きしめました。

「子供の頃のムツキはね、こういうことを、ありとあらゆる人に平気ですらすらとしゃべってしまうから……よく驚かれたり怖がられたりしてたのを、久しぶりに思い出したわ」

そう、純も懐かしそうに苦笑いをしました。

「この絵を見て、不思議なことが起こるっていうことはね。まだ現実には現れてはいない、すでにあるものが、この祈られた絵の前だと《今》の《愛》の中に入って、ほんとうの本音が見えて叶ってしまうからだ。心で見えて認めたことが、現実になるからね……。

《愛》に肯定されて、叶ってしまうんだ……なのに、こんなにすごい力を持っている《愛》は、目には見えないし、声もしない存在なのが、人には不思議に感じるみたい。でも、その無口な《愛》のルールは、あまり破ってはいけないから――ほんとうの《愛》はこの絵みたいに、何百年も無口なままの方がいいのかもしれないね……」

ムツキはそう言うと、絵の額縁にそっと触れて言いました。

杏は、いつも読んでいる本とほとんど同じことを話すムツキの共感力に驚いていました。

「ムツキは、わたしがあの本を読んでいる心を汲み取って、わたしがわかるようにいつも話してくれているのかもしれない……」そう、杏はムツキの横顔を見つめながら、その深い優しさを感じてそれ以上は言葉が出てきませんでした。

＊

自宅のリビングに戻っていた杏は、今日ムツキが言ってくれたことを、あの本を読みながら考えてみようとバッグを開けると、文庫本の赤い革のブックカバーが外れていたことに初めて気づきました。

「あれ……いつ外れたんだろう?」と、バッグの中を探しましたが見当たらず「お父さんの書斎に、別のカバーがあったはず……」と独り言を言って、文庫本を開いて読みながら、二階の書斎へと登って行きました。

『今日は、願いが創造される《愛》が、一気に拡大されていく――大胆なご提案をしたいのです。

それは〝すべてはすでにある《愛》だと見る〟、そうお伝えした認識の中で、わたしたちが強く否定して認めない信念の一つ、〝亡くなった人とは、もう逢えない〟、この共通の否定概念を、〝亡くなった人も、すでに《今》ここにある〟――そう、社会常識的にも一番強く否定している概念を、逆転して認めることができると《愛の光の波》が一気に強まります。

なぜなら、すべてがすでに《今》ここにある――そちらがほんとうだから。

《今》、亡くなった方たちは体を持たなくなっただけで、ここにいます。

それを認めて。
どうぞ心の中で、試しに呼びかけてみてください。
すぐに人や形、わたしたちの心の気づきをサインに使って、現れます。

そして、それを経験したあなたの認識は、みるみる拡大します。

《愛》の創造性を、ますます自由自在に使えるようになります。』

書斎に入って文庫本を閉じた杏は、もう驚きませんでした。
そして、杏は本を閉じて、書斎机の上の三本のお父さんの万年筆に触れながら、今日の美術館の帰りに送ってもらった別れ際、玄関の杏に向かって、青いオープンカーからムツキが言った言葉を思い出していました。

「杏！《今》に入って、亡くなったお父さんと話をするのは、いつでも、どこでも、誰にでも簡単にできるから。対話の答えはサインがくれるから、それをよく見ればいいんだ！　今夜、自分でやってごらんよ、おやすみ！」

＊

＊

杏は、あのムツキの言葉を胸に万年筆にそっと触れながら、ゆっくりと呟きました。

「お父さん……わたしが記憶にないお母さんって、一体、どんな女性だったの……？ムツキにこの三本の万年筆のことを教えたみたいに、わたしにもお母さんのこと教えて……」

杏はドキドキしながら、美術館の不思議な絵の前で起こったような感覚が現れて来るのを、じっと待ってみました。

けれども、むしろ心の中はとても静かで、何も起こる気配すらありません。

が、その時ふと——ずっと忘れていた、ある光景が思い出されました。

それは、小学生だった杏はよく、書斎机の椅子に座って仕事をしているお父さんの背中と椅子の背の狭い隙間に入り込んで、お父さんにおんぶされるようにその背中にぴったりとくっついてお父さんの背中を机がわりにして本を読んでいたこと。

そんないつものある日、今日とまったく同じことを、お父さんの背中に向かって聞いたことがあったのを思い出したのです。

＊

「ねぇねぇ、お父さん。お母さんって、どんな人？」

「ん？　そうだねえ——君みたいな人だよ」

＊

杏は、お父さんの言った一言を、何十年も忘れていました。

君みたいな人――お母さんがどんな人だったのかを一番知っていたお父さんがそう言っていたのなら、ムツキが言うように、お母さんはすでにいつもずっと、わたしの中に重なって生きている……。

「わたしが自分で自分のことをよく見つめることができたなら、それが、お母さんがどんな人だったかがわかる、ということなんだ……」

すると杏は、壁の本棚の『*Une Femme est Une Femme*　女は女である』のパンフレットがふと目に入って、初めてあることに気づきました。

杏はそのパンフレットを手に取ると、また階段を急いで駆け下り、リビングに飾られたお母さんの写真と見比べて、笑い出しました。

毎日見ていたはずのお母さんの洋服は、このアンナ・カリーナの服とまったく同じ。

お母さんは、白いファーのついた青いワンピースを着た精一杯のお洒落をして……！

心から晴れやかな笑顔で、病院から退院した生まれたての杏を抱っこしていたのでした。

きっとお母さんが真似をするほど大好きだったアンナ・カリーナの映画を、何も言わずに一緒にわたしに見せていたお父さん。

生涯独身を貫くほど大切だったパートナーが好きだった映画を、娘のわたしと一緒に見ていた、お父さんの《本音》。

杏は、目尻の涙をぬぐいました。

「亡くなった人と話をするって……こういう感じなんだね、ムツキ……」

ムツキが言っていた通り——《愛》は目には見えないし、声もしない存在だから、その無口な《愛》のルールはあまり破ってはいけないから——ほんとうの《愛》は、無口なままの方がいい……。

だからこそこうやって、杏が心の中でふと思い出すことこそが対話であり、《愛》であり、《愛》こそが、すべてがひとつの《今》に入った証であり……。

「そうなんだ……《今》に入るということは、わたしにも誰にでもすぐにできることで、素直に亡くなった人に心で聞いて、教えて欲しいとお願いをすれば、こんな風に様々なサインを通して、対話をすることができるんだ……」

その時「それが正解だよ」というサインかのように、杏の心の奥からまた、あのあたたかさが広がっていきました。

本の最初に書かれていた、

『サインは《今》の中だけに現れる、見えないものが見える形とつながっていることが、《愛》』

という気づきが、杏の胸の奥から、あたたかさと一緒に運ばれて来るのがわかりました。社長が言っていた「違いの奥で全員が感じる〝同じ、何か〟」――それが、あの本に書いてあった《わたしの本音》は《愛》だということ――その意味と感覚がひとつになって、あたたかさと一緒に運ばれて来るのがわかるのでした。

*

深夜のバーのカウンターでは、恩田さんとニナが二人でお酒を飲んでいました。

「俺、ずっと考えたんだけどさ――急なんだけど、やっぱり今回のイギリス行き、マネージャーとしてニナくんも一緒に来てくれたらうれしいんだけど……」

「……もちろん。恩田さんが、わたしでよければ」

「そう言ってくれると思ってた。ありがとう」

二人は微笑んで、もう一度乾杯しました。

＊

翌日『*Le paradis*』では、杏と社長だけが黙々とパソコンに向かって仕事をしていました。社長の書いたお金のイラストがそのままの黒板の今日の日付に、ニナの元気な文字で「イギリス行きスタジオ打ち合わせ！　With 恩田さん」と書かれていました。

＊

夜の事務所の屋上で、社長と杏は、灯りの点いた東京タワーを見上げながら話をしていました。

「心の中で、お父さんとお母さんと出逢う――それは、杏が心の中で感じていたことの気づきやサインが、実は全部、心の中に生きているご両親との対話だったってことか」

「はい……なんか、まだうまくは話せないんですが……」

そう、うれしそうに照れる杏を、社長は可愛い娘を見るような眼差しで見つめました。

「いや、とてもわかるし、素晴らしいし。杏の話はおもしろいよ」

「ありがとうございます。ほんとうにあの本が言う通り、見方を変えたら、素晴らしい毎日です」

「そうなんだよ。幸せな人生のドラマを見るのか？　悲しい人生のドラマを見るのか？実は、その番組を決めているのは、自分自身。ってことなんだよな」

杏は、そんな社長の横顔を見つめると、ふと聞いてみたい言葉が口からついて出ました。

「社長は……前にお話していた大切な方との未来のドラマが――最初から素晴らしいものだって《今》の中で見えていたんですか？」

「ん？　そうねえ――誰にも言ってはいなかったけど、今となっては、見えていたな……と言うより、最初から《今》ここで、わかっていたかなあ」

「やっぱりそうだったんですね……すごいです」

「あははは。自分の本音が、誰に一番惹かれているかなんて、自分が一番わかってる
——ただそれだけのことだとも言えるよ」

と、社長はタワーを見つめたまま、爽やかに笑いました。

「わたしも……ちゃんと《わたしの本音》を、わたしが見なかっただけのことだったんだなって……。後ろ姿のムツキが、女の子でも男の子でも。最初に出逢った時から、わたしはムツキに惹かれていました」

「それが、ほんとうの杏の本音なんだね」

「はい。とってもシンプルなことでした」

「じゃあ、質問。杏はこれから、ムツキくんとどうなりたいの？」

「え？　うーん……」

「探さなくていいんだ。シンプルにただ、本音を受け取ればいいだけだろ？」

「そっか……はい。《わたしの本音》は、普通のパートナーになるだけじゃなく……純さんと暁さんみたいに、一緒にムツキと〝何か〟を創り出すパートナーシップを築きたいです……」

「ほお……意外な答え。いいじゃない？」

「わたしは平凡ですし……何もできません。でも、社長が言ってくれたから、わたし、一つだけ、自分にできることがあることに気づいたんです」

「いいね！　ほんとうの杏の本音を聞かせて欲しいな」

「はい。わたし……そばにいるのが、得意なんです。大切な人のそばにいて、その人の感じていること、考えていることをじっとよく聞いて、受け取って……それを広げることは、得意なんだって……何にもできることがなくて知らないことが多いから、相手の方のお話を心から信頼して素直に聞けるので――相手が安心して、よろこんでくれるのを、そういえば前から、何となくわかっていたんです」

「それは素晴らしい才能だよ」

「はい！　だからもし、ムツキがその役割がわたしでいいって思ってくれた時は、ムツキのやりたいことを心から応援して、広げていけるようなパートナーになりたいです……それが、正真正銘の《わたしの本音》です」

「杏のお母さんも、お父さんにとって、そういう人だったのかもしれないな」

「……！　そっか……そういうことなんですね……！　そうですね、きっと……はい！」

杏は一人頷いて、うれしそうに言いました。

「わたしの心の《今》の中には、こうやってお母さんとお父さんが、ちゃんとずっと一緒に生きていたってことなんですね……それが夢物語じゃないことを、社長とムツキが、こうやっていつも教えてくれました」

「何だか今夜は杏と話をしていると、いろんなことに気づけるよ。俺の大切な人も、そういう人だなあって……今、気づいた」

「え？　わたしの……お母さんみたいな人、ってことですか？」

「てことは、杏みたいな人――ってことなんだよな？　ふふふ……そう……何ができる、というよりも、ただいつも丁寧にゆっくりと暮らしていて、大切なものや、人や、俺のことを――いつも心であたためてくれている人だ……」

「素敵です……素敵ですし、そんな方と似ているなんて、わたしうれしいです」

社長は微笑んで言いました。

「そうだ杏、明日は満月だから、お父さんにお願いしたみたいに、グレープフルーツムーンにお願いしてみたら？　そのムツキくんとのことを」

「えっ？」

「《今》という杏の本音の心の中にムツキくんがいるのなら、それは、必ず決まっている未来だから、現れる。それをまた〝サインで見せてください〟って、お願いしてみたらどう？」

「そっか……〝自分が決めてきたほんとうのことを見るのが怖いなんて、滑稽だ〟って、ムツキも言ってました。はい、そうしてみます！　わたし、明日の夜、グレープフルーツムーンに〝わたしのパートナーを見せてください〟って、お願いしてみます」

杏がそう言うと、社長はうれしそうに頷きました。

＊

同じ頃、麻美は一人キッチンのカウンターで、昨日の新聞『*Light in relationship*』の記事に映っている杏を微笑みながら見つめていました。

＊

自宅の仕事場のアトリエにいた純と暁は、息のあったパートナーシップで次々とたくさんの洋書や資料を広げながら、パソコン画面でフランスのエージェントとの『*Light in relationship*』の再開催のミーティングを続けていました。

*

ムツキは自分の部屋にこもって、机の椅子に座り卒論の資料を広げたまま、まだ何も書き出せていない真っ白なパソコン画面を一人ぼんやりと見つめていました。

明日は満月になる月の光が、そんな虚無感の中にいるムツキとはまったく反対の輝きで、今夜も窓から、いつもと変わらずに包みこむようにきらきらと眩しく降り注いでいました。

8

TWO

wishes to grapefruit moon — chapter 8

chapter 8

TWO

いつもより早起きした杏は、リビングに飾られたお母さんとお父さんの写真を見つめると、

「おはよう。あ、こっち……二人はわたしの心の中だった……」

と、自分の胸に触れて、笑いました。

杏はそれでも自分の胸に触れたまま、二枚の写真を眺めて微笑みました。

「お父さんとお母さんのパートナーシップにね、社長とお相手の方が似てるんだって」

そう言うと杏は、昨日文庫本につけるブックカバーが見当たらなかったので、キッチンから綺麗なケーキ屋さんの包装紙を見つけると、それを折って即席のカバーをかけました。

「うん。これも可愛い」

そして杏はリビングの椅子に座って、だいぶ終わりに近づいてきた文庫本の続きを読み始めました。

『これまでほんとうに長い間、この本を読んでくださって、ありがとう。

今日は、最後のレッスンです。

これまで、たくさんのサインをご一緒に見つめてくださったあなたはきっと、毎日様々なサインに導かれ、様々な変化を体験している時だと感じます。

あなたの「見方」が変わった——ただそれだけのことなのに、今まで気づかなかった、こんなにも毎日起こっていた導きの印の数々に、驚いているかもしれません。

そして、今日の最後のレッスンは、《ライフパートナー》というお話で、終わりにしたいと思っています。

どうして、パートナーシップが最後のレッスンなのか？

それはパートナーシップこそが、鏡の相対性という性質を持つ、この地球での醍醐味だから。

この地球では、向かい合う相手が必ず、自分自身の内面を映し出す鏡のように配置される――完璧なシステムになっています。

この本で最後にお伝えする《ライフパートナーシップ》とは、恋に恋する幻想のパートナーシップのことではありません。

ここでの《ライフパートナー》の定義とは、

・一緒に響き合うと、一人では滞っていた出来事や悩み事が動きだす相手。
・一緒にいて、以前の自分よりも自分が発展し、成功し、豊かになる相手。

・一緒にいると、サインやシンクロニシティが多発する相手。

それが、《今》一緒にいるべき相手――《ライフパートナー》です。

《ライフパートナー》とは、今の恋人や夫婦だけが相手とは限りません。

仕事仲間かもしれないし、新しい友達かもしれません。
年が離れている場合もあります。
言葉にはしがたい関係の相手かもしれません。

つまり、社会常識や基準、年齢や性別は、まったく関係がありません。

現実の中で、あなたの心の幸せ、経済的豊かさの繁栄、一緒にいると、次から次へと現実創造が加速していく相手。

そんな現実的なエネルギーパートナーである相手を《ライフパートナー》と呼んでみたいのです。』

杏は、この本を読んでからの自分の毎日がどれほど前と変容したか、すでに懐かしいような気持ちを感じていました。

最後のレッスンも、まさに杏が思っていたパートナーシップについて《今》またこの本と一緒に体験することができることを、心から幸せに感じていました。

『《ライフパートナー》は、時が来たら変わる場合もあります。

すでにパートナーがいらしたとしても、より発展する相手がサインによって与えられたら、そちらに〝組み替え〟が起こっていきます。

その組み合わせの移行期の見極めは、より発展する相手へと移行していくこと——とても自然なことなのです。』

＊

同じ頃、三枝は梢と二人、高層マンションの美しい景色のリビングで、にこやかに会話をしながら、朝食を食べていました。

＊

社長は出勤中のタクシーの後部座席で、携帯で麻美へ『おはよう。夕方はあの美術館で。夜のお月見も楽しみにしています』と、メールを打っていました。

＊

朝、玄関の路地に打ち水をしている麻美に、近所のおばあちゃんが挨拶をしていきました。

麻美も、優しい笑顔でおばあちゃんに声をかけました。

キッチンのカウンターに置いたままの麻美の携帯の画面には、メールの着信が光っていました。

*

杏は、リビングで本を読み進めていきました。

『この〝組み替え〟が始まった時、常識や過去の習慣で、その移行する宇宙波動を止めようとすると、《愛の光の肯定波動》に抵抗をしているので、反対にそのご自分が出している抵抗の力によって、たくさんの痛みを、ご自分や周りに作り出してしまいます……。

ですから、もう一度、言わせてください。

《愛》へと素直に戻っていく以上、《ライフパートナー》の〝組み替え〟は、何よりも自然なことなのです。』

＊

自宅の仕事場のアトリエで、純と暁はまた早朝から話し合っていたフランスのエージェントとのパソコン画面での『*Light in relationship*』の再開催の契約が、今まさに成立したところでした。

二人はエージェントにお辞儀をすると、肩を抱き合って笑顔になりました。

＊

ムツキは徹夜をしてパソコンで書き上げた卒論の下書きを、自分の部屋でプリントアウトしていました。

＊

杏はずっと一人リビングで、本を読み進めていました。

『そうです。

心から自然に《わたしの本音》は何か？

それを、常に感じて見つめていくことが、ご自分の《ライフパートナー》の分岐点のサインの波に、自然と乗っていくことになります。

たとえ、何度かすれ違い、波を乗り逃したように感じたとしても、今世で決めて来た相手とは、必ず共にいることになるように——偶然の一致（シンクロニシティ）を使って、新しい構想を創り出していく洗練された手腕が、《愛》の采配の記憶のよさには、あるのです。

だからこそ《ライフパートナー》は、探しに行く必要がありません。

この人が《ライフパートナー》である、とサインが来るまで——必ず、待ちます。

サインが見せてくれた人が、ほんとうの《ライフパートナー》かどうか?

それを見極めるポイントは、とてもシンプルです。

それは、その人と一緒にいると、ご自分に関わる仕事や出来事が、明らかに豊かになっていく人。


その人がご自分にとっての《ライフパートナー》か?

それとも、ご自分のネガティブな投影を見るためだけに引きつけられた、別れるためだけの恋の相手なのか?


この単純な、ちょっとしたさじ加減が、大きなキーポイントになるのです。


ですから《わたしの本音》を、どうか大事にあたためて、包み続けてください。

そして、ただ、待ってみてください。

サインによって現れた相手と、共に過ごしていくうちに、お互いが何かを生み出せる相手だとわかったら。

その人が《今》のあなたの《ライフパートナー》なのです。』

杏はここまで読むと大きく深呼吸をして、本から顔を上げました。

この本の言う通り、杏は《今》自分の本音だけを大切にして、これからどんなことが起こっていくのかを、ただ待ってみることにしました。

*

ムツキはリビングのソファで横になって、プリントアウトした卒論の原案を、黙々と一人読んでいました。

まだ読んでいる途中で、ムツキはそれをつまらなそうにテーブルに置くと、横になったまま目を閉じて、祈るように呟きました。

「違う。何かが、違う……教えて……」

そしてムツキはしばらく目を閉じていましたが、何もインスピレーションが降りて来ない自分にため息をついて、ソファから起き上がろうとした時――右手が何かに触れました。

それは、杏が泊まった日に忘れていった、赤い革のブックカバーでした。

ムツキは、そのブックカバーを手に取ると、可笑しそうに笑いました。

「……ありがとう。これが答えのサインなんだね」

*

お昼休み、屋上でニナと文庫本を手にした杏が並んで話をしていました。

「ほんと、明日にはもう、ロンドンだなんて――信じられないくらい、早過ぎる展開」

「ニナ先輩は今まで、まるでこの本みたいに、社長や恩田さんやわたしを一生懸命支えてくれたから……その自然な結果が、こうなったんだと思います」

「一緒にその本を読んで見方が変わっただけで、こんなにいろんなことが始まったんだよ。ありがとね、杏ちゃん」

「わたしじゃなくて、この本のおかげです」

「あれ？　その本、いつも赤い革のカバーつけてなかった？」

「なんか、どこかで外したまま、見当たらなくて――今度、新しいのを買います」

「じゃあ、ロンドン土産はブックカバーにしよっか？」

「……はい！　楽しみです」

すると、携帯の着信に「恩田さん」と書いてある画面を見て、

「わ、そんな時間か。また音源のマスタリングにスタジオに戻んないと。じゃあね、杏ちゃん」

走り出したニナの背中に、杏は声をかけました。

「明日社長とお見送りに行きます！」

「ありがとう！」

そうニナも大きく手を振って言いました。

＊

純と暁は自宅の仕事場のアトリエで、次回のフランスでの展示会についての熱いミーティングを重ねていました。

その背後で一人ににこにこしているムツキが、画集を広げたり閉じたり、落ち着かない様子でいるのを見かねて純が言いました。

「……ムツキ。アトリエに入るのはもちろん自由だけど、集中できないから、用件を言って。話があるなら、ちゃんと聞きたいわ」

「ごめんなさい。用はないの。ただ――僕は今、卒論のアイディアが降りてきてうれしかったのと――」

「まあ！　それはよかったじゃない」

と暁がうれしそうに言うと、ムツキは笑って、

「――もうだいぶお昼の時間が過ぎているから、お母さんたちも一旦休憩してランチタイムはどうかな？　って……中庭に、僕がご用意しました」

「ふう！　とっても美味しかったわ、ムツキ」

そう純がお腹をさすりながら、中庭での暁とムツキとのランチに満足して言いました。

「気づいたらこんな時間だったものね。美味しいパスタをありがとう」

と、暁も微笑みました。

「今日は、お母さんたちのあの展覧会が、フランスでも開催されるお祝いだよ」

ムツキが二人のグラスに白ワインを注ぐと、

「そして、ムツキの卒論のテーマが決まったお祝いでもある」

と、そのワインを今度は純が取り上げて、ムツキのグラスに注ぎました。

「ありがとう」

「そして、どんなテーマに決まったの？」

暁が質問すると、ムツキは言いました。

「僕、企業への就職は考えていないから、このまま大学院に残って、講師の仕事をしながらお母さんたちの仕事を手伝っていけたらいいなって、言ってたでしょ？」

「そうね。エンパスのあなたは、なるべく安定した環境で働いたり生きていく方が、心が疲れないで済むとわたしたちは思ってるわ」

と、暁が頷いて言いました。

「うん。だけど、もう一つだけ、小さな僕の夢があって……それを一度、卒論で挑戦してみようって、思えたんだ……」

「まあ、教授になる以外の夢？　聞きたいわ」

乗り出す純に、ムツキは少しはにかむように言いました。

「……僕ね、一度、自分だけの文章を書いてみたいって、思っていて……。僕の文学部のゼミの課題は自由でしょ？　だから、創作をしてみようかと思ったの」

「素晴らしい！　絶対に向いてるわ、展覧会の文章も大評判だったもの！」

純が大よろこびでそう言うと、暁もうれしそうに頷きながら、

「大賛成だわ、でも、どうして急に？」

と、興味深そうに聞きました。

「生真面目な批評文をたくさん書いていても、どうしても違うって感じて……でも、何度書いてもインスピレーションが降りて来ないから、僕、また《今》の中に入って、光に祈って聞いてみたんだ。そうしたら――これが今朝、ソファの隙間に」

ムツキはそう言うとポケットから、杏の忘れた、赤い革のブックカバーを出して言いました。

「それ、杏ちゃんがいつも読んでいる本のカバー……！」

と、暁。

「それが〝本を書く〟という、祈りの答えだったのね？　なんて素敵な杏のサイン！　抜群のパートナーシップね……！」

そう純も心からうれしそうに、ムッキにウィンクをしました。

ムツキは頷いて、言いました。

「うん。僕は二十二年前の満月の夜に、バスケットに入ってお母さんたちの贈りものになったけど――今日の満月は、僕の方が贈りものを受け取った日になった……杏のおかげで」

そう、きらきらとした目で、赤い革のブックカバーを見つめました。

＊

夕方、閉館間近の美術館で、社長が一人、静かに『*Light in relationship*』を観覧していました。

すると、先に来ていた丸眼鏡姿の麻美が社長の隣をそっと遠り過ぎていき、社長もそんな麻美に気づいていても――二人はそれぞれのリズムのまま、離れたり近づいたり――。まるで、これまで何があっても引き寄せ続けた二人の関係性の距離のように、社長と麻美は、ゆっくりと館内を黙って観て巡っていきました。

館内の最後の部屋、イエスとマグダレーンと赤ちゃんの小さな油絵をじっと見ていた麻美に、社長がそっと近づきました。

麻美は絵に近づいて眼鏡を外すと、じっと絵を見つめたまま、そっと呟きました。

「この絵は、あたたかいね……」

そんな麻美の横顔を見つめて、社長が言いました。

「……俺たちはずっと三人だったけど、今度は、前とは別のこんな絵の三人になってもいいね……」

社長はそう言うと、麻美の手を初めて自分から強く握りました。

麻美も、その手に細い指を絡ませて、強く握り返しました。

＊

麻美の居間の窓からの満月を見つめながら、社長は赤ワインの入った麻美と自分のグラスをカチンと重ねました。

「グレープフルーツムーンに、乾杯」

そう言った社長をじっと見つめていた麻美が、今度は社長の頬にそっと自分の唇を重ねました。

＊

リビングの窓辺に腰をかけていた杏は、グレープフルーツムーンを見上げたまま――自分の胸に触れて、静かに目を閉じました。

＊

翌日の午後、賑わう空港のチェックインカウンターの前で、杏と社長は恩田さんとニナを見送っていました。

ニナは社長に言いました。

「わたし、帰ったら梢さんにご報告します。いただいた株を今、豊かにしている最中です、もう少し待っていてください、って」

「わかった」

と、社長は微笑んで頷きました。

「ま、世界で成功してるキュレーターに太鼓判押されてるコンビだから、大丈夫っしょ！」

そう恩田さんが親しげにニナの肩を抱くと、ニナは恩田さんの手をピシッと払って、

「では、まずは行ってきます！」

と、子供を遠足に連れていくママのように恩田さんを連れて、カウンターの奥へと手を振りながら出発していきました。

杏と社長も笑いながら、二人に大きく手を振りました。

杏と社長は展望デッキで、飛んでいくジェットを背にして話をしていました。

「昨日のグレープフルーツムーンに、杏はあのお願い、したの？」

「はい。しました。後は、サインを待つだけです……。それでムツキに届かない時は、別なタイミングか別な人を、わたしが自分で決めてきただけなんだって、本にも書いてありました。そう思ったら、どうなっても安心なんだって、思えました」

「ほんとうの杏は、強いんだな」

「そう……ですか？」

「それでいいんだよ。これからも杏の感じている本音、言いたいことを、俺やニナや恩田ちゃんにも、正直に何でも言ったらいい」

「はい……！」

そして杏は、二人が乗ったジェットを見つけると
「あ……！　そろそろ飛びます！」

と、子供のように柵にしがみつきながら言いました。

「きっと恩田さんとニナさん、ものすごく素晴らしいお仕事をしてくる気がします。だっ

て、あんなにサインに包まれて導かれていきましたから」

「ああ。俺も、二人がロンドンでも先に勝つことがわかってたから。経費二倍もオーケーしたからね」

「わあ……そうだったんですね！」

「一応これでも俺、経営学部卒だから」

そう二人は笑い合うと、飛び立ったニナと恩田さんが乗ったジェットが空に見えなくなるまで見送っていました。

*

窓からは西日が差してくる頃、ニナも恩田さんもいない静かな事務所では、杏と社長が二人だけで黙々と仕事をしていました。

そこに「こんにちは……」と小さな声がしてそっとドアが開いたかと思うと――そこにはムツキが立っていました。

「ムツキ……！」

社長はその様子をデスクから首を伸ばして見ると、「（やったな！）」という小さなウィンクを杏に向けました。

杏は、ドキドキしたまま社長に小さく頷くと、ムツキに振り返って言いました。

「ど、どうしたの……？　急に」

「忘れものを、届けに来たんだ」

そう言うと、ムツキは赤い革のブックカバーを差し出しました。

＊

東京タワーの灯りが輝く屋上に、杏に連れられてやって来たムツキは、目をきらきらと輝かせて興奮して言いました。

「すごいよ！　こんなに近くで東京タワーが見られるなんて！」

杏はムツキの楽しそうな顔がうれしくて、その横顔をじっと微笑んで見つめて言いました。

「ここは、あの美術館のカフェと同じくらい、わたしのお気に入りの場所なの。お父さんとよく行った、パリのエッフェル塔を思い出すから――」

するとと、あの一番最初に聞いたムツキの声が、また杏の心に響き出しました。

「だって、自分の一番好きなものを大好きな相手と分けあったら、自分もみんなも、もっと幸せが大きく広がるんだよ？　幸せって、単純だよ」

今、まさにそれができている言葉にならないあたたかな幸せが、杏の胸に大きく大きく広がっていっぱいになりました。

「僕、大学の卒論で、夢だった小説の創作をしてみようと思ったんだ。杏が忘れてくれた赤いブックカバーを見つけて、そのインスピレーションの答えのサインをもらった」

「よかった……わたしの忘れものが、ムツキの大切な場面のサインになったなら」

「人の想いのすべてがつながっている地球では、偶然はないんだ。だから昨日の満月に、僕に届いたこのサインのギフトを、僕はずっと忘れない」

杏は胸の奥が熱くなりながら――うん、と頷きました。

ムツキはそんな杏をじっと見つめて、言いました。

「僕はこれからもこんな風に、杏と二人でサインに導かれて人生を創りたい……」

「え……」

「よかったら、これからも僕のそばにいて……」

「もちろんだよ……」

そう涙ぐんだ杏の胸の奥からは、とめどなくあたたかさが溢れていって――杏は気がつくとムツキに、こう聞いていました。

「……でもどうして……こんなに平凡なわたしを選んでくれたの？」

ムツキは「どうしてかな……！」と、首を傾げながらも、ポツリと言いました。

「……僕は、一度も泣いたことがないからかな」

「え？」

「僕は……生まれたばかりの赤ちゃんの頃に、産んでくれたお母さんに何をされたかは覚えてないんだ……ずっとミルクをもらえなかったのか、すごく痩せ細ったまま捨てられていたのか」

「……」

「そんなこと、お母さんたちは僕には一度も話さない。いつも僕が来た日を、綺麗な童話みたいにして話すんだ……」

「……」

「……ってことは、僕はすごく酷い状態で捨てられてたってことだ……僕がこんなに素敵な暮らしをする二人の女性のところに引き取られたのは、その反動がどれだけ重たかったかが僕には想像がつく。ものすごく美しい光には、いつも深い影があるものだ——重力があるこの地球では、よろこびと悲しみが波になって拡大する——そういうものなんだ」

杏の目からは、涙が溢れてぽたぽたと落ちていきました。

「泣いても泣いても、声が枯れるまで泣いても、何もしてもらえない赤ちゃんだった経験があるのかもしれない」

「……」

「だから僕、泣き虫な人が好きなんだ……泣けない僕の分まで、泣いてくれる人がそばにいると、安心するんだ……僕が僕に戻れる気がして、うれしいんだ」

「……」

「僕にとっては泣けないことが、僕のパートナーを決めるサインになったんだよ」

「……そんなことでムツキが幸せになれるなら……わたしいっぱい泣くよ」

「ありがとう」

そう言うと、東京タワーの灯りに照らされた見つめ合う二人の横顔が、ゆっくりと近づいていきました。

*

あれからムツキは杏の家に泊まったまま、お父さんの書斎で卒論の小説を考えるようになっていました。

夜になると仕事や大学から帰って来た杏とムツキは、決まってお父さんの書斎のベッドでまるで兄弟のように一緒に眠ったり、夜更かしをして影絵遊びをしたりしていました。

杏は、お父さんが使っていた原稿用紙をそっと書斎机に出しておくと、ムツキはその原稿用紙に色々なアイディアのメモを書き溜めているようでした。

けれどもムツキは一向に本文を書かないまま、ずっと本棚の本を読破したり、好きなことだけをして過ごしていました。

＊

土曜の休みの朝、杏はリビングの窓を開け放って、大きく深呼吸しました。

杏はその開け放った窓辺に座ると、気持ちのいい朝の風に吹かれながら、手にしていた赤いブックカバーをかけ直した文庫本を開きました。

『人生の出逢いとは、相手をコントロールするための戦略を立てて、攻略する戦場ではありません。

相手に気を遣ったり遠慮をしたりする駆け引きのためにある関係性でもなく、そこは、出逢うことを決めて来た二人の、約束が叶う場所——地球はその、待ち合わせの場所です。

ただ、再び出逢う約束の相手と出逢えた時に、采配が美しく速く動き出す場所なのです。

だからこそ、約束をして来た《ライフパートナー》とは離れてはいけないし離れることもできないのです。

なぜなら、わたしたちの本質がお互い《愛》である以上、どう重なり続けるのか?

それが最も大切なことだからです。

この地球は鏡の相対性だからこそ——向かい合う相手とは必ず、お互いの《愛》を強め合ってしまう仕組みなのですから。』

＊

ムツキは今日も杏のお父さんの書斎机の椅子に座ったまま、三本の万年筆を触ったり、杏が出してくれた、お父さんの最期の手紙をじっと見つめているばかりでした。

『P．S．杏、この人生は一度きり。思い切り好きなことを仕事にし、シンプルに愛する人と暮らしていくといい。僕は、そうした』

「……」

＊

杏はリビングの窓辺に座って、赤いカバーの文庫本を読み続けていました。

『約束をして来た人と、溶け合うためのサイン。

《ライフパートナー》の相手とは、他でもない、あなた自身のことなのです。

泣き虫なあの人は、ほんとうはわたしの、隠していた本音という《愛》。

強いあの人は、ほんとうはわたしの、隠れていた本音という《愛》。

そんな、鏡に映った相手という《愛》と自分という《愛》が溶け合う時を、どうぞ深く、楽しんで。』

＊

同じ頃、ロンドンのレコーディングスタジオでは、たくさんの関係者やプロデューサーに笑顔で握手されている恩田さんを、ブースから誇らしげにニナが見つめていました。

＊

純と暁は自宅の仕事場のアトリエで、パソコンや画集を広げて、熱いミーティングをしていました。

*

麻美と社長は、麻美の家の玄関に小さなお洒落な筆記体の表札『*Bistro Le paradis*』を取り付けると、顔を見合わせてにっこりと微笑みました。

*

本を読みながらキッチンでホーローのポットを火にかけた杏は、また窓辺に座って、続きをじっと読み続けました。

『楽しむためには、必ず、最初の前提を、

〝《愛》は、そこら中につながっているはずだから、すでに《今》、ここにすべてがあるのだ〟

という設定で、人生を観察する。

自分を責めてしまう時は、自分自身の《愛》とつながり直す。

パートナーシップとは、《わたしの本音》との関係がそのまま映し出される鏡だと見る。

そんな毎日を、サインと共に、淡々と暮らしていってください。

大切に、愛情深く。
どの人にも愛を持って、ただ、丁寧に。

丁寧にし過ぎて、今日は一人の人としかお話しできなかった、そんな日でも、いいのです。

そんな日が、いいのです。

毎日が《愛》のサインに満ちていることを、感じる暮らし。
その平凡さが、目には見えない《愛》のあり方ですし、そこに、あなたという《愛》のサインが輝いているのです。

あなたの幸せを、この、ほんとうは《愛》であるあなたのもう一つの別次元の感覚、眼差しが、あなた自身を、ずっと、あたたかく見ています。

だから安心して、そのご自分の中にすでにある《愛》に浸りきって。

ご自分と目の前の相手という、鏡の二人が溶け合う《愛》という幸福にも、もっと深く浸りきって。

そうやって《愛》が、そこにもここにも、見えるようになった時――それがこの本を閉じる、終わりと始まりのサインです。』

杏は、とうとう最後まで読み終えた本をぎゅっと強く抱きしめて呟きました。

「ほんとうにありがとう……」

そう呟いて目を閉じていると、沸騰したポットの音に「……いけない！」と、本を窓枠に置いて、キッチンに駆け寄りました。

＊

ムツキがぼんやりと書斎の椅子に座っていると、ノックの音がして、杏が淹れたての珈琲の入ったカップを二つ持って入ってきました。

「ありがとう……」

ムツキは、いい香り、と、ゆっくりと珈琲を飲むと言いました。

「……杏は、全然書き出さない僕に、何も言わないんだね」

「ん？」

「それってまるで、神さまの愛みたいだ」

「何もできないわたしが、愛なの？」

杏も珈琲を飲みながら笑って、ムツキを見つめました。

「だって神さまは、そうやっていつも僕らの願いを、黙って見守って支えてる」

「うん」

「僕らのしたいようにしたらいいって、それを邪魔しないでいてくれる」

「そっか……わたしが何もできないってことも、それだけで愛になれるのなら――わたし、とっても幸せよ」

そう言うと、杏は座っているムツキの背中と椅子の背の間にするりと入り、後ろから抱きしめるように座りました。

「ふふふ……こうやってお父さんといつも座ってたの？」

と、ムツキが背中の杏に聞きました。

「うん」

と杏は頷くと、ムツキをもっと強く抱きしめました。

＊

開いたままの窓枠に置かれた赤い革の文庫本の上には、小鳥が鳴きながらとまっていました。

そこに別のもう一羽の小鳥がやって来て、二羽が対になって飛び立つ瞬間——窓辺から本が庭に滑り落ちました。

すると今度は、どこからか小さなビーグル犬の赤ちゃんが一匹迷い込んで来て、革の香りに引き寄せられて赤いカバーの文庫本を見つけると、うれしそうに噛みついてくわえて持って行ってしまいました。


杏の家の前の通りでは、バスケットを持ったショートヘアの小さな女の子が、ビーグル犬の赤ちゃんを見つけると、

「どこ行ってたの！　さ、お家に一緒に帰ろ」

と抱っこして、バスケットに入れました。

その時、女の子は、ビーグル犬がくわえていた赤い革の文庫本に気がついて手に取ると
「……おや？」

と、可愛らしく首を横に傾げました。

＊

椅子に座ったムツキを、背中から抱きしめたまま杏は言いました。

「今、わたしの胸の奥に、全部がある……お父さんとお母さん、純さんと暁さん、社長やニナ先輩や恩田さん……見えないものも、見える形があるものも、その全部がムツキで、ムツキは鏡の世界のもう一人のわたし……その愛を、感じる？」

そうムツキの背中に顔を埋めると、ムツキも目を閉じて言いました。

「……感じるよ……ねえ、最初から、話してくれる？」

「ん？」

「僕たちが初めて出逢ったシーンから」

そう言うと、お父さんの万年筆を一つ手に取ったムツキは、原稿用紙に書き始めました。

ムツキの肩に顎を乗せて、杏がそっと原稿用紙を覗き込むと、そこにはこう書かれていました。

『あの日、わたしを導いてくれたサイン――後ろ姿の彼に』

Fin

あとがきに寄せて

この小説を最後までお読みいただきまして、本当にどうもありがとうございます。心からの感謝の気持ちでいっぱいです。

「読むだけで、今までの自分を超える見方と現実、奇跡を体験できる本を書いてみたい」

そう、何十年もぐるぐると、本という世界の中を巡って生きてきました。

赤ちゃんだったわたしに最初に刻まれた本だらけの場所は、父の書斎です。壁中がはめ込みの本棚になっていて、そこは壁のすべてが本の部屋。物語に出てくる杏のお父さんの書斎は、大学講師から地方政治家へ転身した、わたしの父の書斎がモデルです。

もう一人の主人公、ムツキの両親の仕事場である美術館は、父が創設した水戸芸術館と、東京で暮らすようになって以来ずっと通い続けている、白金の庭園美術館の想い出がモデルになっています。

つまり、あらゆる想い出の数々が、今、わたしがこの本を生み出すための、「生まれる前から、わたしが決めてきた設定のサインだった」という見方もできるのです。

〝奇跡を体験できる本〟を書きたかったわたしはこうやって、わたしの過去の私生活のすべてを〝今〟につなげた物語の中で――そのまま主人公達に一冊の本を読んでもらい、それぞれに今までの自分を超える見方と奇跡を体験してもらいました。

そんなダブル・フィクションの構成をしたこの物語は、作者のわたし自身をも、想像していた以上の浄化や奇跡を溢れるほど体験させてくれました。この小説は昨年の夏には書きあがっていましたが、不思議なほど関わってくださったたくさんのみなさまの心の投影と愛の成功をつなぎながら、一年を経て、とうとうＣｌｏｖｅｒ出版さんの小川会長さんと小田社長さんのもとへと、わたしを連れて行ってくれたのです。

「奈津子さんと前から一度、一緒に仕事をしてみたかった」

そう、小川さんの優しい想いに作品をすくっていただき、このような素晴らしい出版の機会をいただきましたことに、この場をお借りして心からの感謝を申しあげたいと思います。本当にありがとうございます。

「僕は、本屋さんのスピリチュアルの棚の場所に、小説を置いてみたかった」

こんなおしゃれなセンスで包んでいただきながら、名編集長として美しい校閲と構成の一切の編集をお一人でお引き受けくださいました小田さんにも、心からのお礼を申しあげたいです。本当にどうもありがとうございます。

出版に際しましての様々なお仕事に関しましても、Ｃｌｏｖｅｒ出版社のみなさま、並びにデザイナーのみなさまに感謝の気持ちでいっぱいです。

小川さんの「読むだけで、本当に気づきや奇跡体験が起きた人をインタビューしてみたい」という秀逸なアイデアのもと、下読みに愛情いっぱいの感想動画をお寄せくださいましたみなさまお一人お一人にも感謝を述べさせてください。本当にありがとうございました。

この小説は、ほとんどの時間をドイツ大使館の隣にある、素敵なご夫婦が営まれているNem Coffee & Espressoで書き続けました。美味しい珈琲とお二人のあたたかな視線という癒された空間のおかげで、書いている間中、身体の芯から呼吸ができていたわたしがいました。本当にありがとうございます。

美しくエロティックな表紙イラストのすべてを描いてくださいましたＫｏｔｏｋａ Ｉｚｕｍｉちゃんにも、感謝の想いが尽きません。彼女は頭の回転がとても速く、〝ジェンダーレス〟という作品のすべての意味を、一枚の絵の瞬間に閉じこめて描いてくださった、そのセンスに脱帽でした。心からの感謝を申しあげたいです。本当にどうもありがとうございます。

その走り書きのフランス語のタイトルは、岡部千恵子さんが「Les vœux de la pleine lune, La lune pleine d'amour, La lune de pamplemousse.──満月の願い、愛に満ちた月、グレープフルーツムーン」と、とてもロマンティックな翻訳をしてくださいました。千恵子さん、こんなに美しいフランス語訳を本当にどうもありがとうございます。

半年という長い間、文字校正のアドバイスの一切を、一人ですべて担ってくれました秘書の北川美保にもお礼を述べさせてください。どんな時もわたしの作品の味方でいてくれて、まだ世に一文字も出ない文章をただただ励まし続けてくれる美保に支えられて、わたしはいつも作品を書き続けられています。美保、本当にどうもありがとう。

同じくもう一人の秘書、娘の飯田菜花にも、心からのお礼を言いたいです。あらゆる原稿のサポートと併せて、今回はＣｌｏｖｅｒ出版さんの販促動画で、人前で踊ることをやめていた彼女が八年ぶりにバレエを踊ってくれました。無口だった少女の、踊りで表現することが好きだったあの笑顔をまた見ることができて、わたしは本当に幸せでした。本当にどうもありがとうね、菜花。

そして、わたしがシナリオと撮影を担当させていただいたその販促動画に、透き通るような画像編集をしてくださいました映像作家の鈴木経生くん、安田まなみちゃん、本当にありがとうございます。

さらにはわたしのもう一人の娘、シンガーソングライターのｍａｈｉｎａにも心からの感謝を伝えたいです。物語の主人公、共感覚者であるムツキとは、ｍａｈｉｎａがモデルです。彼女の特殊な共感覚能力の高さと変容する意識の速さという才能に出逢った時、わたしが長く学んできたスピリチュアリティの世界が、現実に人として実在していたことの驚きと、よろこび――彼女のそばにいることで体験させていただいた感動と、彼女やその周りの苦悩と愛を、この作品に込めたつもりです。ｍａｈｉｎａ、出逢ってくれてありがとう。


最後になりましたが、ｍａｈｉｎａとの出逢いをつないでくれて、タイトルにも想いをこめましたトム・ウェイツの名曲『グレープフルーツムーン』をわたしに教えてくださった、彼女の所属事務所の社長さんである南部喨炳さんに、心からの感謝をお届けしたいです。

最終章を書いていたある日、長く悩みながら書き続けているわたしを励まそうと誘ってくださった喨炳さんとお食事をしていたら、レストランで本当にトム・ウェイツが流れた、あの瞬間。その帰り道、タクシーの窓を開けて、ちょうど満月の夜だったシンクロニシティを風の中で見つめていたら、再び物語とおなじ、プレスリーの『好きにならずにいられない』が、タクシーの運転手さんが聴いていた音楽で流れ始めた奇跡――この忘れられない二つのサインが、「このまま書き続けていいよ」そう、グレープフルーツムーンと一緒に笑ってくれたように見えて……。

喨炳さんにトム・ウェイツを教わらなかったら、この小説は生まれなかった。

わたしの言葉にはできない感謝と想いを受けとってください。

本当にどうもありがとう。


あの日、わたしを導いてくれたサイン――すべてのみなさまの愛の奇跡に、感謝をこめて。

佐川奈津子

佐川 奈津子（さがわ・なつこ）

1971年、東京都生まれ。その後、茨城県水戸市で幼少期を過ごす。幼い頃より祖母と教会に通い、20歳の時に御茶の水キリストの教会にて受洗。クリスチャンとなる。

水戸市長の父を持ち、余命宣告を受けた父の海外随行秘書に専念するため、神奈川大学経営学部を中退。父の死を機に、子供服販売をスタートする。累計6億円以上売り上げる実業家として活躍するも、幼少時代からの直観能力が加速し、2009年、奇跡体験のヴィジョンに従い退社。

双子のように育った実妹と母の死、離婚後、『A Course in Miracles（奇跡のコース、以下ACIM）』を学び始め、カウンセラーとして全国でクラスを展開。奇跡体験を受け取る日々が始まる。ACIMへの深い洞察と、類まれなるリーディング力。ひとりひとりの心に寄り添い、受け入れることに徹した、あたたかなトークライブの鮮やかさが口コミで広がり、約5,000人以上の人々を奇跡体験へと導く。

著書に、
『神さまが味方するすごいお祈り』
『Holy Sign　神さまのアドバイスを受けとる方法』
（以上フォレスト出版）
本書は初の長編小説となる。

メディアサイトやプロモーションビデオの映像演出・シナリオは自らすべて監督をつとめ、その活動の広がりはとどまるところを知らない。

公式メディアサイト https://lovestreams.jp
公式ホームページ https://www.love-inchrist.com

装画／Kotoka Izumi

イラストレーター　1996年、東京生まれ。2016年よりフリーランスのイラストレーターとして活動。儚く切ない、繊細な線でどこか危なげな女性たちを描く。SNSをはじめ、若い女性を中心に人気を集める。雑誌の挿絵や付録、CDジャケット、ブランドのパッケージイラスト等を手がける。
2017.5 urbanresearch　group「KBF」collaboration
2017.9 京都 伊勢丹20周年記念イラスト
2018.5 ヘアケアブランド「KESHIKI」ネッカーデザイン
2018.8 池袋LUMINE ショーウィンドウイラスト
2019.1 GODIVA 2019 バレンタイン メインイラスト
2019.3 GODIVA ホワイトデー 日経新聞イラスト
https://www.kotokaizumi.info　https://kotokaizumi.stores.jp/
Instagram：@kotoka_izumi　contact：kotokaizumi@gmail.com

装丁／冨澤崇（EBranch）　本文制作／a.iil《伊藤 彩香》
校正協力／大江奈保子・伊能朋子　本文挿絵／©123RF　編集／小田実紀

グレープフルーツムーンに、お願い

初版1刷発行 ● 2019年12月16日

著者

佐川《さがわ》 奈津子《なつこ》

発行者

小田 実紀

発行所

株式会社Clover出版
〒162-0843 東京都新宿区市谷田町3-6 THE GATE ICHIGAYA 10階
Tel.03(6279)1912　Fax.03(6279)1913　http://cloverpub.jp

印刷所

日経印刷株式会社

ISBN 978-4-908033-45-2　C0011

本書内容のお問い合わせは、info@cloverpub.jp宛にメールでお願い申し上げます